少女星間漂流記
著✦東崎惟子
illust✦ソノフワン
JN034608

「次は住める星だといいな」
馬車は新たな星を目指して、銀河を駆ける。

神の星にて
リドリー
二人が乗る宇宙船を開発した、
地球の若き天才科学者。
知的欲求が第一で人の感情の機微
に疎いが、ワタリとは相性が良く、
仲良くやっている。

「……逃がしてくれないなら、殺します」
ワタリ
内気で人見知りな用心棒。普段はリドリーの後ろに隠れているが、有事の際はスカートに隠したコンバットナイフで道を切り拓く。

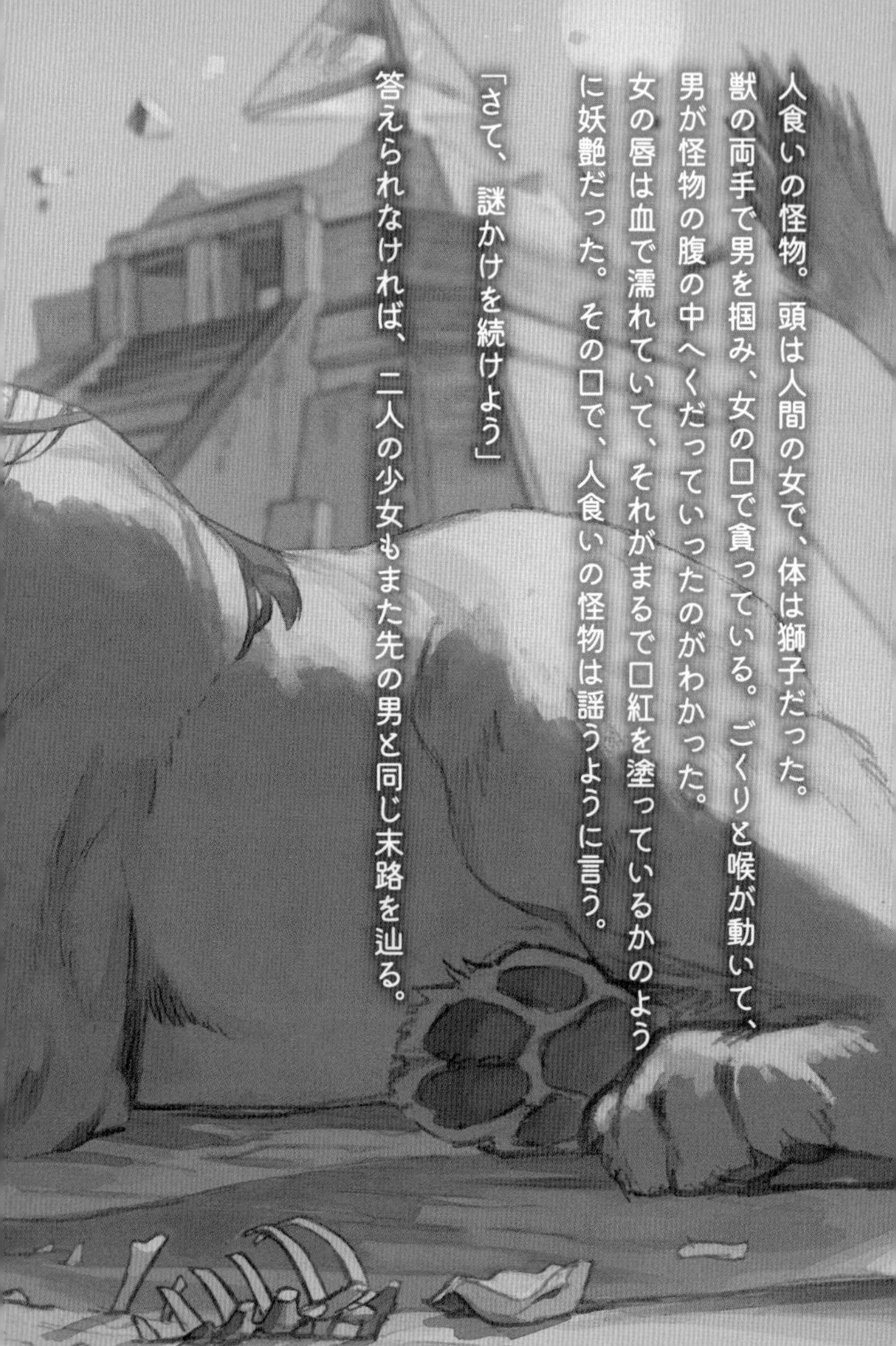

人食いの怪物。頭は人間の女で、体は獅子だった。獣の両手で男を掴み、女の口で貪っている。ごくりと喉が動いて、男が怪物の腹の中へくだっていったのがわかった。女の唇は血で濡れていて、それがまるで口紅を塗っているかのように妖艶だった。その口で、人食いの怪物は謡うように言う。

「さて、謎かけを続けよう」

答えられなければ、二人の少女もまた先の男と同じ末路を辿る。

謎の星にて

少女星間漂流記

contents

少女星間漂流記

神の星

馬車が銀河を駆けている。

無論、普通の馬車ではない。馬車を模した宇宙船だ。馬も御者も機械である。この銀河において、空飛ぶ馬車は決してメジャーなデザインではない。この宇宙船の開発者は奇特な人物で、およそ空を飛びそうにないものを飛行させることに浪漫を感じていた。それで馬車型の宇宙船を作ったのだ。

その変わり者の科学者は、馬車の籠に揺られている。

金髪の快活そうな少女、名をリドリーと言った。

リドリーは隣に座っている少女に言った。

「次こそ住める星だといいな」

隣の少女、ワタリが答えた。

「期待はできると思うよ」

ワタリは黒髪で大人しそうな見た目をしていた。

ワタリは窓の外を見る。宇宙の闇の中に、目的の星が見えた。

「だって、神の星と呼ばれているんでしょ」

神の星に馬車は降り立つ。

リドリーが手のひらサイズの箱を取り出すと、馬車はその中に吸い込まれるように収納された。携帯できる宇宙船なのだ。

二人がいるのは町の真ん中だった。町並みを見渡して、ワタリが言う。

「綺麗(きれい)な町だね」

リドリーが答える。

「古い町並みだけど住みやすそうだ」

町を歩いてみると、この星の人たちとすれ違った。彼らは人間によく似ていた。

この星の環境は、どうやらワタリたちが住んでいた星、地球によく似ているようだ。

ただ、ひとつ違うのは空気中を光の粒子が飛んでいることだった。

クラゲのようにふわふわと漂っている。

石畳の通りを進むと、広場に人だかりができているのが見えた。何やらざわざわしている。

「何か催し物でもあるのかな」

二人も広場に向かった。人ごみをすり抜けながら、人だかりの中心を目指す。

その途中で、誰かがこう呟(つぶや)くのが聞こえた。

「もうすぐ降臨されるぞ」

ワタリが首をかしげる。「……降臨？」

リドリーが思案する。「降臨と言うからには……」

「ああっ！　いらした！」

誰かが叫んだ。

「我らが神よ！」

広場にいた男が上空を指差した。

上空に光の粒子が集まった。それは人の形を作っていく。

光は、人間の姿となった。

豊かに蓄えられた髭に、身に纏うローブ、腰には雷を連想させる刀剣を提げている。

翼もないのに宙に浮いていた。周囲にはきらきらと光の粒が漂っていて、神々しい。

それがこの星の神だった。神が口を開く。

「我らの子に祝福を授けん」

神が右手を掲げる。

すると中空から穀物の入った袋と酒樽が出現した。

人々が熱狂し、穀物と酒樽へと殺到した。

神が言う。

「取り合うことはない。汝らが望むもの、全てを授けよう。神を信じ、崇めよ」

次々と食べ物を生み出す神を見て、ワタリが嬉しそうに言う。

「この星なら、食べ物に困ることはなさそうだね」

「そうだねぇ。無限に食べ物がもらえるなら助かるな。ワタリは食いしん坊だから」

ワタリは少し恥ずかしそうにした。彼女は細身の割にはよく食べる。

「あの、あなたたち……」

ワタリとリドリーに声をかける者があった。爽やかな青年だった。

「もしかして、他の星からの移住者ですか？」

「あっ……ああっ……」

青年を見て、ワタリはリドリーの背後に隠れた。

彼女は極度の人見知りで、初対面の人とは話ができない。

だから、こういう時はリドリーが前に出る。

リドリーは人好きする性格で、二人旅において外交は彼女の仕事だった。

「移住を検討している者です。私はリドリー。後ろの子はワタリといいます」

「私はシント。この星の人間です。早速ですが、神の星の人間としてあなたたちを歓待させていただけないでしょうか。どうでしょう、私の家にいらしては？　この星の素晴らしさを伝えさせてほしいのです」

「お気持ちは嬉しいですが……」

リドリーが苦笑する。

「初対面の私達に、どうしてそんな親切を？」

「我らの神は、こう言われたのです」

広場の中央に浮いている神をうっとりと見つめて、シントは言う。

「異邦人を愛せと。我らの神の素晴らしさを伝道することが、私達の務めなのです。もちろん、無理にとは言いません。私達の暮らしを見て、気に入ったら移住してくれれば結構なのです。きっとお気に召すと信じていますが」

ワタリが上目遣いにリドリーを見る。

「どうしよう、リドリー……」

「ご厚意に甘えさせてください」

リドリーは観察眼に秀(ひい)でている。声音や微妙な態度から、相手の心にやましいものがあるかどうかがわかるのだ。相手が自分たち人間に似ている種族ならなおのこと。

そのリドリーによれば、このシントという青年は、全き善意の塊だった。

案内されたのは、中流階級の一軒家だった。

シントが扉を開けると、一人の女性が出迎えた。

「お帰りなさい、あなた」

シントはその女性と口づけをかわした。どうやら夫婦のようだ。

シント夫人が、リドリーとワタリを見て言う。

「そちらの方々は?」

「旅の方だよ。この星に移住するか決めかねているらしい。だから、うちに来てもらった」

「まあ、そうなの。ぜひ今日は我が家に泊まっていってください。腕によりをかけた料理で歓迎いたしますわ」

シントの妻は、たくさんの料理を作ってワタリとリドリーを歓迎した。

料理はどれもおいしかったが、特にチーズタルトが絶品だった。タルト生地のサクサクとした触感が絶妙である。

食事を楽しみながら、シントが尋ねた。

「お二人は、どうして移住先を探しているのですか?」

ワタリは他人と話すのが苦手過ぎるので、シントの問いかけが聞こえていないふりをしてチーズタルトをもぐもぐと食べていた。

だから、リドリーが答える。

「私達の星が住めなくなってしまったからです。戦争と環境汚染のせいで。私達の星の人間は各々(おのおの)が宇宙船で脱出し、新天地を求めて旅をしています」

「ああ、なるほど。地球人の方ですか。そのお話は、前にも旅人さんが話してくれました」

シントは納得する。

「その旅人も、今ではこの星の住人です。我らの神を見て、移住を決めたのですよ」

「その神ですが」

リドリーはあくまで穏やかな口調で問う。

「広場で神が穀物と酒樽を生み出しているのを見ました。確かにすごい力です。でも、それだけで神と呼ぶのは大袈裟ではありませんか？」

シントと妻は顔を見合わせる。そして、

「あーはっはっはっ！」

二人して大声で笑った。

「なるほど。リドリーさんの疑問は尤もです。でも違うのですよ。食べ物が作れるだけなら、私達だって神と崇めたりはしません。あの方は、何でも与えてくれるんです。信仰さえすれば、我らが望むものは何でも」

「例えば何をもらったんです？」

「妻を」

「面白い。結婚の斡旋もしてくれるんですね」

「そうではなく」

シントは妻を愛おしそうに抱き寄せて言った。

「私の妻は、五年前に亡くなっているんです」

リドリーが難しい顔をして言った。

「まさか……」

「そうです。我らの神が蘇らせてくださったのです」

シントは妻の髪を指で梳く。

「妻は私の全てだった。初恋の相手で、最後の恋の相手でした。その妻を亡くした時、私は何もかも失ったのです。生きる意味さえも……。そこに現れたのが、神だったのです」

「現れた？　土着の神ではないのですか？」

「さあ……難しいことはわかりませんが……突然、神は天から降り立ってきたのです。そして神は、この星の人々の願いを次々と叶えていきました。妻もその時に蘇らせてくださった」

「天から降りてきた……」

「だから、ワタリさんとリドリーさん。私はあなたたちにもこの星に住むことを勧めるのです。銀河には数え切れないほどの星がありますが……断言します。この星よりも住みよい場所はありません」

一瞬、シントは暗い目をした。

「お二人は、仲の良いお友達のようだ。こんなことは言いたくはないのですが……何かあってからでは遅いから言わせていただきます。……もし、どちらかに何かあったとしても、この星なら大丈夫なのですよ。私と妻のように」

ワタリがテーブルの下で、リドリーの服の裾をぎゅっと握った。

リドリーはその手に優しく触れた。ワタリを安心させようとしている手つきだった。

リドリーはシントに微笑む。

「一晩、考えてみます」

その後、四人は楽しい時間を過ごした。

シントが妻の自慢ばかりをするから、リドリーは負けじとワタリの愛らしさを自慢した。

ワタリは自慢される恥ずかしさを誤魔化すように次々と料理を掻っ込んでいた。

夜になった。ワタリとリドリーには客室が用意された。

シントがワタリとリドリーに謝る。

「ごめんなさい。お客様用のベッドが一つしかなくて……」

リドリーが答える。

「かまいません。二人で一緒に寝ますから」

寝る時間になって、二人は一緒にベッドに入った。

しばらく横になっていると、ワタリが口を開いた。

「……リドリー、この星についてどう思う？」

「いいところだよね。食べ物は無限にあるし、清潔だし、文明レベルも低くない。それに……何より死人を蘇らせられるのが気に入った」

「やっぱりそこだよね」

「うん。ワタリが死んだら蘇らせたいし、私が死んだらワタリに蘇らせてほしい」

「そうしたらずっと一緒にいられるもんね」

窓の外をリドリーは見る。

光の粒子が、塵のように漂っている。

「だったら、確かめることは一つだね。死人をちゃんと蘇らせてくれるかどうか」

少しの沈黙。

「ねえ、ワタリ……」

突然、リドリーはワタリに覆いかぶさった。

「な……何？」

リドリーは申し訳なさそうに苦笑しながら、ワタリを見下ろして言う。

「ごめんだけど、死んでくれる？」

翌朝、ワタリとリドリーを起こそうと、シントが二人の部屋に入った。

「おはようございます。ワタリさん、リドリーさん」

「ええ、おはようございます」

リドリーはベッドから起きて返事をしたが、ワタリの方の反応がない。ベッドの上で眠ったままだ。

「どうしたんですか、ワタリさん」

シントがワタリを覗き込む。その顔色が妙に青い。

「まさか……」

シントがワタリに触れる。すっかり冷たくなっていた。呼吸をしていない。

「し、死んでる……」

取り乱しそうなシントとは対照的に、リドリーが冷静に言う。

「なんか眠っているうちに、死んじゃったみたいですね。心臓の病気かも……」

リドリーの手には小瓶が握られていた。中には毒薬が入っているのだが、慌てていたシントは気付かなかった。

やや時間を置いてシントは冷静さを取り戻して、リドリーに言う。

「大丈夫です、リドリーさん。あなたは運がいい。この星の神を頼りましょう」

ワタリの死体は、棺桶に入れられた。

その棺桶を荷台に乗せて、リドリーとシント夫妻は神殿へと向かう。

その神殿に神がおわすと言われているのだ。

神殿には多くの人が集まっていた。みな、願いを叶えてもらいに来ている。

昼頃に神殿に着いた二人だが、実際に順番が回ってきたのは夕方近くだった。

ようやく神の部屋に入れるようになった時、リドリーはシント夫妻に言った。

「ここからは私とワタリだけで向かいます。案内してくださってありがとうございます」

シント夫妻はリドリーに向かって手を合わせて、言った。

「あなた方に神の祝福があらんことを」

棺桶を引きずって、リドリーは神の部屋に入った。

部屋の中央に厳かな祭壇がある。

神は上方に浮いていた。ステンドグラスから差し込む七色の光が神を神々しく照らしている。

「迷える子羊よ。汝の望みを言うがよい」

リドリーは棺桶の蓋をずらした。目を閉じたワタリが顔を覗かせる。

「私の友達が死んでしまったのです。どうか蘇らせてはくれませんか」

神はワタリの骸に触れる。ワタリが死んでいることを確認して、言った。

「可哀そうに。もう泣かなくてよい。汝の望みを叶えよう。その代わりに誓うのだ。私を信仰すると」

「友達さえ蘇れば、その通りにいたします」

祭壇の近くには土の入った壺があった。

神が手のひらにその土を掬って、こぼす。液体のようにどろりとした土だった。

零れていった土は、粗雑な人形を作っていった。

「この土くれに魂を下ろす」

この星の大気を漂う光の粒子が、人形へと入り込む。粗雑な人形が形を変える。

土は女性の肢体を形作る。頭部から長い黒髪が生えた。

「これは驚いた……」

リドリーが目を見張る。土くれの人形は、裸体のワタリに変わっていた。

裸体のワタリはリドリーに抱き着いた。

「リドリー、また会えてよかった……」

リドリーは尋ねる。

「ワタリ、君は本当に蘇ってきたのかい？」

「そうだよ。昨晩、眠っている間に死んでしまった私の魂を、神様が救済してくださったの。冥府を彷徨っていた私を、光へと導いてくださったのよ」

ワタリは神に向かって指を組んで言った。

「感謝します。我らの神よ」

神に感謝をささげるワタリを見つめながら、リドリーは言う。

「なるほど。君の魂は冥府とやらにいたんだな。つまり魂は肉体を離れていたわけか」

「死んでしまったんだもの。当然でしょ？」

「当然じゃないんだな、それが」

リドリーは裸体のワタリから離れる。そして棺桶に近付くと、ポケットから小瓶を取り出した。中には緋色の液体が入っている。その液体を骸のワタリに垂らした。

途端、棺桶の蓋が、がたりと床に落ちた。

ワタリの死体が起き上がっていた。

「リドリー、酷いよ……。毒薬を飲ませるなんて」

「あとで生き返らせるって言ったじゃないか。それに、必要なことだったのでね」

裸体のワタリと神が目を剝いて、棺桶の中のワタリを見つめていた。

神が言う。「確かに死んでいたはず……」

「ごめんなさい、神様。私はあなたを騙しました」

リドリーは続ける。

「私は科学者です。人を仮死状態にする薬の持ち合わせがあります。それでワタリを仮死状態にしたのです。神様に本当に人を復活させる力があるかどうかを試すために」

けれど、どうやら嘘とわかったので、蘇生薬で目覚めさせたのである。

神は言う。

「汝の行いは許されざる冒瀆である」

「それはお互い様だと思いますけどね。神様、あなただって人を騙している。あなたは人を蘇らせることはできないんでしょう？　偽者を作るのが限界だ」

　神は沈黙した。それは肯定の沈黙だった。

「これは推測だけど、この星を漂っている黄金の粒子、アレこそがあなたの正体なのでは？　別の星で、似た生態の生き物を見たことがあります。きっとあなたたちは、信仰心を糧に存在する宇宙生物。だから、願いを叶える見返りに信仰を求めるのでしょう。信仰が満ちれば満ちるほど、あなたたち光の粒子は数と力を増す。ちょっとした奇跡も起こせるほどに」

　神は苦々しい顔をする。

「シント夫人とワタリについては、あなたたち光の粒子が人形の中に入ることで、蘇ったふりをしていたのでは？」

　神は観念したように答えた。

「如何にも。我らは異星からこの星に移住してきた生物である。我らの星で科学技術が発展し、神への信仰心が薄まったためにな。もはやあの星は、我らの生存できる環境ではなかった」

　神は怒気を孕んだ声で続ける。

「汝らは、我らのことを暴きに来たのか。かつての我らの星の生物と同じように」

「いいえ。そんなつもりはまったくありません。ただ、私達は純粋に知りたかっただけなのです。本当に人を蘇らせられるかどうか。それが可能なら、私達はこの星に永住するつもりでした。けれど……偽者なら、私はいらない」

そう言った瞬間、裸体のワタリはボロボロと崩れて土に戻った。

「行こう、ワタリ」

リドリーは棺桶の中のワタリに手を差し伸べて立たせた。そして部屋の出口に向かおうとする。

だが、それは阻止された。

突如、部屋の中の土くれが兵士となり、二人の前に立ちはだかったのだ。

兵士は手に槍を持っている。

神は言った。

「秘密を知った以上、行かせるわけにはいかぬ」

「正体を暴きに来たのではないと言ったはずです。もちろん、ばらす気もない」

だが、土くれの兵士が引く様子はなかった。

「信者でない者の言葉は信じられぬ。我らが星を追われたのは、信仰心のない者たちの所業故。奴らもまた自らを科学者と名乗っていた」

土くれの兵士たちは槍を構えて、二人へと襲いかかった。

「お前たちにはここで死んでもらう」

穂先が二人の少女の心臓を狙った。

リドリーに躱す力はない。彼女は頭が良い代わりに、運動神経が極めて悪いのだ。

だが、リドリーの目に、恐れはない。

ぱきんと音がして、兵士たちの槍が砕け散った。

ワタリだった。長いスカートから覗く白い足が、槍の穂先を横合いに打ち砕いていた。

ワタリはリドリーを背後に庇う。そこに、人見知りの少女の面影はない。

二人は多くの星を渡ってきた。中には危険な星も無数にあったが、それらを乗り越えられたのは、このワタリという少女によるところが大きかった。

ワタリは普段こそ頼りないが、こと戦闘においてこれ以上頼れるものはないほどに強いのだ。

ワタリはドレススカートの下からコンバットナイフを取り出すと、それで土くれの兵士たちを切り刻んだ。一瞬で、兵士たちは土へと戻った。

ワタリは、コンバットナイフを神様へと突き付けて言った。

「……逃がしてくれないなら、殺します」

神は無言で雷の剣を抜いた。

「愚かな。私は信仰心を強さに変える生き物。信仰が満ちた町で、私に勝てるとでも？」

神とワタリが衝突する。二人は激しく斬り結んだ。

恐ろしいのはワタリだった。彼女は強烈な運動能力で祭壇を天地もなく飛び回る。スカートの下から多種多様な武器を取り出し、大立ち回りをした。超常的な生物に対しても、拮抗する戦いを見せたのだ。

ワタリが存分にその力を見せつけたと判断したところで、リドリーが割って入った。

ちょうど二人の戦いが膠着した瞬間を狙って声をかける。

「逃がしてくれないなら、ワタリを勝たせますよ」

リドリーはポケットから手のひらサイズの機械を取り出した。それは多機能を搭載した便利アイテムだった。録画機能もある。リドリーが機械を操作すると、空中に映像が投射された。

神が自分の正体を暴露している場面が再生される。

『如何にも。我らは異星からこの星に移住してきた生物である。我らの星では……』

神が悔しそうな顔をした。

「これ以上戦う気なら、私は広場でこの映像を再生します。あなたへの信仰心も少しは揺らぐんじゃないでしょうかね。弱体化しても、ワタリに勝てると思いますか？」

「貴様……」

神は逡巡の後、震える手で雷の剣を鞘へとしまった。

二人が神殿を出ると、シント夫妻が出迎えた。

ワタリとリドリーを心配して、待ってくれていたのだ。

夫妻はワタリの姿を見て、我がことのように喜んだ。

「ああ、よかった。蘇らせてもらえたのですね」

リドリーは微笑んで答えた。

「ええ。神様はとても偉大な方でした。あの力は間違いなく本物ですね」

「そうでしょうとも！　では、お二人も是非ともこの星に……」

「そうしたいのですが、ごめんなさい。それはできません。私は神様の前で失礼を働いてしまったのです。この星に住むお許しをいただけませんでした」

シント夫妻は消沈した。「そうですか……」

リドリーはポケットから宇宙船を収納している小物入れを取り出した。蓋を開けると、馬車を模した宇宙船が飛び出した。

「ご夫妻には大変お世話になりました。あなたたちに会えてよかった」

シントは二人に言った。

「きっとまたいらしてください。たとえこの星に住めなくとも、あなたたちはもう私の友人です。妻と一緒に歓迎します」

「ええ、きっと」

ワタリとリドリーは馬車に乗り込む。

機械の馬の蹄が地面を蹴ると、馬車は上空へと飛び立った。

馬車はあっという間に宇宙まで飛んだ。

車窓から神の星を見つめて、ワタリが言った。

「良い星だったね。良い人がいて、良い神様がいて……」

「うん」

リドリーは肯定した。

「だけど、みんな救われない」

土くれでできたワタリと、シント夫人の姿が重なる。

そして人形を心から愛しているシントの幸せそうな顔が浮かんだ。

彼は食事の席で楽しそうに妻を自慢していた。その正体を知ることなく……。

「ところで、リドリー……」

「うん？」

「もしあの神様が本物だったら、どうするつもりだったの。土くれから作り出した私も、本物の私ってことになって、私が二人になっちゃうけど……」

「なんだ、そんなことか。別に二人いたっていいじゃないか。ワタリはたくさんいるに越したことはないからね。二人とも大事にするよ」

ワタリの頬に微かに朱が差した。

「また適当なこと言って……」

「適当じゃないさ」

リドリーも、窓から神の星を見た。そして思った。

「もし旅の中でワタリを失ったら……迷った挙句……私はまたあの星に来てしまうんだろう」

神の星。

そこにいるのは偽物(にせもの)の神。

けれど、信徒が信じるならば、与えられる救いまで偽物(にせもの)とは限らない……。

運の星

——どうしてこんなことになっているんだ……。

リドリーは狼狽していた。

足元には少女が倒れている。

ワタリだ。

(ありえない)

リドリーの知る限りにおいてワタリが敗北することなどありえない。

そのワタリが、屈服させられて動けずにいる。

ワタリは震えた声でリドリーに言う。

「逃げ、て……リドリー……」

「おいおい、私は君のためなら命なんて惜しくないんだぜ」

冷汗をかきながらも、リドリーは余裕ぶってワタリにウインクをする。ワタリの前でみっともない姿は見せられない。

(信じられないことだが……)

ワタリは負けたのだ。

「く、くふふふ……」

目の前にいる男、ピネスに。

貧弱そうで、骨と皮だけに見えるこの男に。

「これでワタリさんは僕の妻だね、もらっていくよ」

ワタリは負けたのだ。

ジャンケンで……。

その日、二人はいつものように新天地を求めて旅をしていた。

「次に行くのはどんな星？」

「運の星らしい」

「運？」

「うん。運がいい人間ほど偉い星とのことだ」

降り立った星は、文明レベルがそこそこ高いようだった。

奇妙な造形のビルがあり、車と思しきものが走っている。車には女神と思われる女性が刻まれたエンブレムがついていた。

この星の人々は、全体的にやや痩せぎすで筋肉量が少なそうだった。

何より特徴的なのは、手が三本あること。

町のいたるところでかけ声が聞こえてくる。

「ジャーンケン……」

掛け声を背にリドリーとワタリはカフェに入った。

宇宙の共通言語で書かれたメニューを見て、二人はパフェを注文する。

気がかりなのが値段だった。

「やたら高いね……」

どう贔屓目(ひいきめ)に見ても、銀河の平均価格の倍の値段が付記されている。

「でも見て、値段の隣に無料とも書かれてる」

店員を呼んで、事情を聞いてみた。

痩せぎすで手が三本ある女性店員は答えた。

「運比べで勝った方には無料とさせていただいております」

「運比べ？」

店員が見定めるようにワタリとリドリーを見た。

「お客様方は地球人ですね？」

「ええ」

「では、ジャンケンがよろしいかと」

店員はにゅっと手を突き出してきた。

「なるほど。わかりやすい運比べだ」

リドリーがほくそ笑む。

「ワタリ、やっておしまいなさい」

「えっ……でも……」

「行きなさい、さあ」

「リドリーがそう言うなら……」

ワタリが前に出ると店員が発声した。

「それでは行きますよ。ジャーンケン……」

ワタリと店員が同時に手を出す。

「ポン！」

ワタリがチョキで、店員がパーだった。

店員が笑顔でワタリを祝福する。

「素晴らしい。お客様、幸運の女神が微笑(ほほえ)んでいるようですね」

「これでパフェ代は無料？」

「ええ、もちろん。それだけではありません。今回のお会計、全て無料とさせていただきます」

「えっ、本当かい！」

リドリーもワタリも目を輝かせた。

「この星では、運が良い者が偉いのでございます。幸運の女神が味方しているということでございますから」

そういえば町の中心には手が三本の女神像が立っていた。

今にして思えばアレは幸運の女神像だったのだろう。

二人はたらふく食べて——特に食いしん坊のワタリはこれでもかというくらいに食べて——カフェを後にした。

今度はウインドウショッピングをする。

リドリーが宝石店の前で足を止めた。

「ほほう……」

宝石に付けられた値札には「幸運者は無料」と書かれていた。

リドリーがにやにやと笑う。

ワタリがジトッとした目でリドリーを見た。

「リドリー……良くないことを考えているでしょ」

「いやいや、そんなことは」

「いやらしいことを考えている顔してるよ」

「そんなことはない。さあ、宝石をいただきに……いや、買いに行こうか！」

意気揚々としたリドリーが宝石店の扉を開ける。

「辿り着いた、ここが理想郷……！」

リドリーとワタリの手には宝石が大量に詰まった袋。

全てワタリがジャンケンに勝利して手に入れたものだ。

「こんなことなら、この国の通貨はいらなかったなぁ。せっかくいくらか両替してきたのに」

リドリーは女性の顔が彫られた金貨を指で弄んだあと、ポケットにしまった。

「ワタリ、次は不動産屋に行くよ！　不動産！　不動産だよ！　ついに私達が家を持つんだ」

リドリーは少し、泣く。

「根無し草だった私達が……。豪邸を持てるんだ」

「リドリー、もうやめよう？　また私をジャンケンで勝たせて手に入れるんでしょ？」

「何を遠慮しているんだい！　それがこの星のルールなんだよ。幸運の女神が微笑む方が偉いって、カフェの店員も宝石商も言っていただろう？」

ジャンケンで連敗した宝石商は、ルールに従って大人しく宝石をリドリーらに持たせてくれた。……悔しそうな顔はしていたが。

「だって、私達のはズルだもん……」

ワタリは、ジャンケンで負け知らずだ。だが、それは運がいいからではない。

彼女は極めて動体視力が良い。

だから、じゃんけんをする時、相手が振り下ろしている拳がどんな手か見えてしまうのだ。

「ズルなんかじゃないよ。ワタリは相手の拳を人よりちゃんと見てるってだけじゃないか。さあ、次行こう次！」

ワタリを先導して、リドリーが進もうとする。

だが、彼女らの行く手に人が立ちはだかった。

「君が幸運の女神が微笑んでいるという噂の少女、ワタリさんかい？」

声をかけてきたのは、高そうな革のコートを纏った青年だった。

貧相な体つきだが、気品のようなものを漂わせている。

何より特徴的なのは、全身からあふれる絶対的な自信だ。湛えている笑みはまるで勝負事で負けなしといった風だった。

青年の背後には女性がいた。その女性は青年とは真逆に不安そうで、おどおどしていた。

「ひっ……」

知らない人に声をかけられてびっくりしたワタリが、リドリーの背後に隠れる。

だから、ワタリの代わりにリドリーが対応する。

「あなたは？」

「僕は運の王」

「運の王」

「名はピネス。早速だけどワタリさん、僕と運比べしてくれるかな」

ワタリではなくリドリーが答える。

「見返り次第ですね。勝ったら何をしてくれるんです？」

「この星をあげるよ。僕はこの星で一番運がいい男で、王なんだ。ついでに王宮もあげる」

リドリーがほくそ笑む。

「ちょうど不動産に行くところだったんですよ」

王宮をもらえるのは渡りに船である。

「その代わり、ワタリさんが負けたら僕の妻になってもらうよ。僕は、この星で一番運のいい女性を伴侶にすると決めてるからね」

「かまいません。さあ、行きなさい、ワタリ」

「ええ……私、まだ結婚なんて……」

「大丈夫大丈夫。負けやしないんだから」

「……リドリーがそう言うなら」

ワタリがおずおずと前に出る。

「勝負を受けてくれてありがとう、ワタリさん」

ピネスはにこやかに微笑んだ。

「さて……」

ピネスは、背後に控えていた女性に言う。その女性はピネスの妻だった。

「僕は新しい妻を迎える。君はもう用なしだ。消えてくれ」

「そ……そんな……！」

女性は悲憤した。

「どうかお考え直しください。私はあの日、あなたとの運比べに負けてから、ずっとあなたのお傍にいたのです。あなたの子を三人も生みました。今になって捨てられては、子供たちをどうやって食べさせていけばいいんですか」

「運が良ければなんとかなるでしょ」

「そんなご無体な……」

ピネスの足に縋りつく女性。

「せめて……せめて最後に運比べさせてください。それで負けたら、大人しく去ります」

ピネスはうんざりしたように言った。

「うるさいな。君との運比べは三年前だか四年前だかに決着がついているだろ。興味ないね」

ピネスは女性を蹴り飛ばした。女性は唇を切って、ピネスの後ろへと転がった。

「ひどい……」

だがピネスはそんなことは意に介さず、にこやかにワタリへと向き直った。

「待たせてごめん。さあ、運比べを始めよう」

対峙するワタリの目には、静かな怒りが灯っていた。

「……この人の妻には、死んでもなりたくないな」

ワタリは決意した。全身全霊で、このジャンケンに臨むことを。

「いくよ、ジャンケーン……」

ワタリは最大限に集中して、ピネスの手を見た。

彼女の動体視力を以てすれば、止まっているも同然の動きだった。

ピネスの手が振り下ろされる。

五本の指、全てが緩く開いていくのが見えた。

（パーの形……！）

「ポン！」

ワタリはチョキを出した。

「……嘘」

どういうわけか、相手の手はグーだった。

「どうして……」

ワタリは困惑する。だが、困惑しているのは、ピネスも同じだった。

「あれ？　おかしいな。パーを出したつもりだったんだけど、どうしてグーが出てるんだろう。なんだか途中で指に痛みが走って動かなくなったんだよね……。でも、まあいっか。勝ったんだし」

結果オーライとピネスは笑った。

「事故で勝つなんて、僕って本当についてるなぁ」

ピネスはワタリに近付くと、その腕を掴んだ。

「あっ……」

「さあ、君は今から僕の妻だ。一緒に結婚式場の手配に向かおう」

「ひぃっ……！」

対人恐怖症のワタリが小さく悲鳴を上げた。

「は……放して！」

乱暴に腕を振りほどく。

ピネスはにこやかな態度を崩さずに言った。

「ダメだよ、そんなことしたら。幸運の女神様が天罰を下すよ」

「あ……ぐあ……！」

途端、ワタリが地面に伏した。

「ワタリ！」

地に伏しているワタリの姿は、まるで見えない何かに上から押さえつけられているようだった。

不穏な気配を感じて、リドリーは眼鏡を取り出す。ただの眼鏡ではない。

ダイヤルで度数を調整すると、目に見えないものが見えるようになる眼鏡だ。

度数を合わせて、ワタリを見る。

「な、なんだコイツは……！」

ワタリの上に何か得体のしれない生き物が乗っている。

それは女性の姿をしていて、手が三本あった。

全ての手に大きな歯車を持っていて、ワタリを戒めている。

この女にリドリーは見覚えがあった。

町の広場に、車のエンブレムに、金貨の中に。

この女はいた。

「幸運の女神……！」

幸運の女神は恐ろしい力を持っているようだった。

あのワタリを一方的に押さえつけるほどの力だ。

（いや、力と言うのは少し違う。こいつはきっと『ルール』だ。この星では、運比べで負けたのに勝者の言うことを聞かない奴は、この女神の姿をした『ルール』に戒められるんだ）

だから、宝石商はワタリにジャンケンで連敗してなお素直に従っていたのだ。

(色々な星を巡ってきた私の経験上、この手の存在には物理的干渉は不可能。攻撃しても無駄)

「く、くふふふ……」

ピネスが穏やかにワタリに言う。

「これでワタリさんは僕の妻だね、もらっていくよ」

「う……うあ……」

ワタリが立ち上がろうとする。否、立ち上がらせられている。

女神が歯車で戒めて、無理矢理立たせようとしているのだ。

「待てぃ！」

リドリーが弾けるように叫んだ。

「私とジャンケンしろ。勝ったらワタリは返してもらう」

ここでピネスは初めて冷酷な表情を見せた。

「……僕、嫌いなんだよね。他人の運に乗っかるしかできない奴がさ……。そういうゴロみたいな連中……」

平坦な声でピネスは言う。

「ジャンケン、してあげてもいいよ。でも、僕が勝ったら、君は死んでね？」

「かまわないとも」

「逃げ、て……リドリー……」

「おいおい、私は君のためなら命なんて惜しくないんだぜ」

リドリーは冷汗をかきながらも、余裕ぶってワタリに向かってウインクをする。

今、ワタリが捕まっているのは自分のせいだ。

リドリーが調子に乗ってジャンケンさせたから、捕まった。

だったら、助けるのに命を懸けるくらい当たり前のことだ。

「さっさと終わらせよう」

ピネスとリドリーが対峙する。

「ジャンケーン……」

ピネスが拳を振り上げる。振り下ろす。

リドリーはスカートの裾を軽くめくった。

太ももにはホルスターが巻き付いている。

そこからレディースのピストルを抜いた。

「ポ……」

パンという乾いた音が響いた。

「やってられるかよ」

リドリーは格別ジャンケンが強いわけじゃない。

ワタリのように動体視力に優れているわけでもない。

だったら、もう、殺すしかない。

馬鹿正直に運否天賦に付き合うよりは、殺してワタリを回収した方が確実だ。

それに、この手の不思議なルールによる拘束はそのルールに関わる者を殺せば無効になるケースも多い。

が。

「ゲスだね。君は……」

弾は、ピネスに届いていなかった。

リドリーはピストルの扱いが下手だし、運動神経も悪いが、今回はそういう問題ではない。

至近距離から撃ったのだ。外すわけがない。

「ちっ……」

銃弾は、ピネスの眼前で停止していた。

幸運の女神が、弾丸を抓まんで、止めていた。

ワタリを拘束しているのとは、別の個体だった。

「いけないいな、ルール違反は。女神が天罰を下すよ」

ピストルを持っている手を女神が打ち据えた。

「いたっ……」

ピストルが手を離れ、地面を転がっていく。ピネスの背後まで滑っていった。

その時、リドリーは背後に気配を感じた。

気付けば三人目の幸運の女神が、リドリーの後ろに現れていた。

三人目の女神は、手に持つ三つの歯車でリドリーの体を挟み込んだ。

「ルール違反は、二回で反則負けだよ」

ぎりぎりと締め付けてくる歯車が痛い。

「うう……」

おそらく、負けたら自分はこの歯車に潰されて死ぬ。

手だけは自由だった。歯車の隙間から手を伸ばす。まるで助けを求めているかのように。

「わかった。ジャンケンしよう……」

もう、するしかない。たとえ勝ち目がなくても。

リドリーは考える。

(何故この男はワタリにジャンケンで勝てたのか)

途中で指が動かなくなったと言った。指に痛みが走って、事故的にグーが出たと……。

ピネスが嘲るように言った。

「教えてあげるよ、どうして僕がジャンケンに強いのか」

「うん。ぜひ教えてもらいたい」

何でもいい。話させれば、攻略のきっかけが得られるかもしれない。

「それはね、僕がただただ……運がいいからなんだ。君みたいな不幸で惨めな人間には理解できないだろうけど」

昔からそうなんだとピネスは言った。

「飛行機に乗ろうとしたら、お腹が痛くなって乗りそこねたことがあった。でも、それでよかったんだ。その飛行機、墜落しちゃったから。町を歩いていてさ、靴紐がほどけたから立ち止まって結んだんだ。そうしたら、目の前に工事の鉄骨が落ちてきたんだよね。危なかったなぁ、もし靴紐が切れていなかったら死んでいたよね。実際、僕の目の前で男の人が潰れていたし……。さっきのジャンケンも同じさ。パーを出そうとしてたのに、突然指が痛くなって開かなくなったんだ。それでグーになった。そうしたら勝てた」

ピネスはリドリーを見下ろして言った。

「理解したかい。これが本当に運がいいってことなんだ」

「なるほど……そのようだ。君は本当に運がいい人間なんだろうね」

なら、リドリーに勝ち目などない。

幸運なんて目に見えないものに、どうやれば勝てるというのか。

「無駄だよ……どんな小細工を弄そうと。僕の幸運の前には……」

目の前の男から威圧を感じる。無理もない。ここにいる幸運の女神、いや、この星にいるすべての幸運の女神がピネスの味方なのだから。

リドリーは目を伏せた後、細く息を吐いて言った。

「後生だ。ジャンケンの発声は、私に任せてくれるかな」

「かまわないよ。死にたい時に死なせてあげる」

歯車で拘束されたリドリーは、もう片手しか自由はない。

だが、リドリーはその唯一動く手で、ピネスを指して言った。

「宣言してやる」

リドリーは不敵に笑った。

「このジャンケン、私が100%勝つ」

だが、その宣言を、運の王は取り合わない。

「程度の低い揺さぶりだ……」

「揺さぶりなんかじゃない。先に教えておいてやる。君の敗因は、人の心を弄んだことだ」

リドリーは見つめる、ピネスの後方を。

そこにはピストルがある。リドリーのピストルだ。女神にはたき落とされてピネスの後方まで滑っていったのだ。

そう、後方まで。

それは事故的に滑っていったものではない。

わざとリドリーがそこへ滑らせたのだ。

女神にはたき落とされる直前、手首をスナップさせることで。

ピストルの傍（かたわ）らには、捨てられた元妻がいた。

元妻がピストルを拾い、ピネスに突き付ける。

「アンタなんてぇええええええええええ！」

元妻が引き金に指をかける。

「！」

咄嗟（とっさ）にピネスが元妻へと振り返りそうになる。

焦（あせ）るピネスを見て、リドリーは「今だ」と確信する。

発声を始めた。

「いくぞ、ジャンケーン……！」

リドリーはこの瞬間を待っていたのだ。

「くっ……！」

（小賢（こざか）しい！　元妻に僕を殺させようって作戦か……！）

さすがのピネスも動揺した。銃弾から身を守りそうになる。

だが、思い直した。

(僕は運の王。己の運に誇りがある)

僕は幸運の女神に愛されている。

腹痛で飛行機事故を回避し、靴紐(くつひも)がほどけて鉄骨を避け、指の痛みでワタリを負かした。

ならば。

自分が真に幸運の女神に愛されているならば。

——きっと銃弾は詰まって発射されない……!

だから、ピネスはピストルの方を振り向かなかった。

ここで撃たれて死ぬならば、自分の運はその程度ということ。

ピネスはリドリーだけを見て、拳を振り上げた。

「ポン!」

二人が拳を振り下ろす。

ジャンケンの決着がついた。

銃声は、聞こえなかった。

「そんな……」

元妻の絶望した声が漏れる。

元妻がトリガーを引く、カチカチという音が虚(むな)しく響いていた。

弾が詰まっていた。

幸運の女神はピネスに微笑んでいた。

「馬鹿な……」

だが、絶望していたのは元妻だけではない。

「何故、運の王たるこの僕が何故‼」

ピネスの手はグー。

リドリーの手はパーだった。

「何故、運に見放されているんだ！」

リドリーは呟く。

「大したものだ。本当に銃を詰まらせるとは。確かに君は幸運の女神に愛されている」

だが、とリドリーは繋いだ。

「気付いていなかったようだな、君の幸運は完璧じゃないことに」

リドリーは静かに説明する。

「飛行機が墜落する前に、お腹が痛くなったと言ったね。鉄骨を回避する時は、靴紐がほどけたとも。ワタリにじゃんけんで勝った時には、指に痛みが走った。君の幸運は、必ず小さな不運と一緒に訪れる。だから、私は待ったんだ。君に幸運が訪れるのを。そして……殺されかけたのを回避するという特大の幸運が訪れるタイミングでジャンケンを仕掛けた。私のジャンケン（不運）を、幸運の隙間にねじ込むために」

　リドリーはもう一度告げる。

「宣言通りだ。このジャンケン、私の勝ちだ」

「あ、ああ……」

　ピネスはボロボロと泣き出した。

「泣いても遅い。もう少し奥さんに優しくするんだったね」

「違う」

　ピネスは笑いながら泣いていた。

「僕は今、感動して泣いているんだ。こんなにも美しい女性がいるなんて……。この僕を負かす激運の持ち主。君はまさに幸運の女神だ、リドリー……」

　思わずリドリーはたじろいだ。

「えぇ……」

　ピネスはリドリーの両手をガシッと摑（つか）んだ。

「どうか僕を夫にしてほしい。いや、下僕でもいい。君とのジャンケンはドキドキした。こんなに胸が高鳴ったのは、生まれて初めてなんだ。お願いだ、一緒にいさせてくれ」

「お……お断りだ。ワタリを解放して、私の前から消えろ！」

「ああ、そんな！」

　それでもピネスはリドリーに縋りつこうとした。

　だが、その場に幸運の女神たちが舞い降りてきて、ピネスを引きはがして連れ去った。女神たちは常に幸運な者の味方である。

「好きだ、君が好きなんだぁ……」

　声が遠ざかって、やがてピネスが見えなくなった。

　気付けば、リドリーたちを拘束している女神たちは消えていた。

　リドリーがワタリに手を差し伸べる。

「立てるかい」

「うん……」

　手を握って立ち上がる。

「リドリー、格好良かった……」

　絶体絶命の状況で、ピネスに勝利宣言をしたリドリーの雄姿がワタリの目に焼き付いていた。

「ふふ、惚れ直してくれてもかまわんのだよ」

「それにしても……とんでもない星だね。早くこんなところ出よう」

「ええ、そうかな。私は結構、気に入ってるんだけど」

　リドリーの目がギラリと光った。

「最後のジャンケンに勝った時、すごい気持ちよかったんだ、頭の奥がビリビリ痺れてさ。一か八かの勝負に勝つと、すごい恍惚感があるんだね。もう一度、味わってみたい……」

口元のよだれを拭うリドリーを見て、ワタリは戦慄した。

「の、脳内麻薬……」

ワタリは理解した。リドリーにギャンブルをやらせてはいけない。

「馬車出して。早く」

「ええ、でも……」

「いいから！」

「仕方ないなぁ……」

リドリーが渋々馬車を準備した。ワタリは強引にリドリーを馬車に連れ込んで、発車させた。

運の星が遠ざかっていく。

車窓から名残を惜しむように、リドリーだけが星を眺めている。

機械の御者に指示を送るワタリには、この星にだけは二度と来ないという決意があった……。

愛の星

「ねえ、彼女。暇ならお茶しようよ」

その星に降り立つと同時に、リドリーは軟派な男に声をかけられた。

男がどこの星の人かはわからない。地球人でないことは確かだ。敢えて名付けるなら軽薄星人といったところか。彼もまた宇宙船でその星に降り立ったところだった。

「暇していませんので」

リドリーは冷たく言い返したが、男はめげなかった。

「またまた。本当は彼氏が欲しくてここに来たんでしょ」

「違います」

「嘘じゃん。だって、ここ愛の星だよ」

リドリーたちが今いる星は、愛の星と呼ばれていた。

「ここに来た奴にはもれなく恋人ができるって噂だ。みんな恋人が欲しくてここに来るんだよ」

その噂はリドリーたちも知っている。だが、二人がこの星にやってきたのはあくまで移住に適しているかを確認するためで、恋人作りのためではない。

だが、リドリーたちも恋人作りのために来たと確信している男は強気だった。

「ね、女神様。仲良くしようよ」

あろうことか、男はリドリーに抱き着いた。

リドリーのスカートが翻ると同時に、乾いた銃声が響いた。

彼女は太腿のホルスターからレディースのピストルを抜いて、男の頭に向けて躊躇いなく撃っていた。反射・運動神経の鈍いリドリーらしからぬ早業だったのは、抱き着かれたのがよほど不快だったからだろう。

至近距離から放たれた銃弾は決して外れない。

同行していたワタリがとっさに砲身を掴んで、銃口を明後日の方向へ向けさせていなければ。

弾丸は空に向かって飛んでいった。

「は……？」

遅れて男は、ようやく自分が殺されかけていたことを理解した。

「ワタリ、余計なことを……」

「殺すのはやりすぎだよ」

ワタリは硬直している男に言う。

「あなたも早くリドリーから離れてください」

呆気に取られている男はまだリドリーに抱き着いたままだった。

「……さもないと今度は、私もあなたを殺します」

ワタリが睨(にら)むと、男は腰を抜かした。

「ひ……」

ワタリの双眸(そうぼう)は、絶対的強者のそれだ。動物的本能によって、この生物には勝てないことを男は思い知ったのだ。

「う……うわぁああああああ！」

男は這(ほ)う這(ほ)うの体で、二人から離れていった。

「やれやれ、やっと厄介払いができたようだ」

リドリーが町へ向かって歩き出そうとする。が、それをワタリが止めた。

突然、ワタリはリドリーの体を引き寄せる。そして抱き着いた。

「ワタリ、何を？」

ワタリは無言で抱き着き続けている。

「おいおい。まさか嫉妬しているのかい、あの男に」

二人は互いを敬愛して旅をしている。

愛の星に来る前から、二人の間には何人にも揺るがせない愛が存在していた。

が。

「あっ……」

町に着いた時、ワタリが声をあげた。

ワタリの視線の先には、この星の住人がいた。

それは女性の形をしていた。地球人に姿形が似ているが、細部が違う。例えば手足は地球人に比べると細長い。耳はとがっていて、口と鼻は小さく、目が大きい。少し奇妙な見た目のはずなのだが、何故だろう、魔的ともいえる魅力を有していた。

「ああ……うあ……あ……」

奇妙な呻き声を出すワタリは、その女性に釘付けになっている。

あまりに凝視しているものだから、女性がワタリの視線に気付いた。

「私に何か？」

「あ、あの……！」

ワタリはしどろもどろになりながら、こう言った。

「第一印象から決めていました！　結婚してください！」

「まあ」

告白だった。

女性は驚いたようだが、優しく微笑んで答えた。

「ええ、喜んで」

「私、ワタリといいます……」

「私はミントよ」

「し……新婚旅行はどこへ行きましょ……」

「おい」

そこでリドリーが割り込んだ。彼女は長くて細い指を、ワタリの唇にあてがう。

「ん……」

リドリーの指が、ワタリの口内に何か小さなものを押し込んだ。ワタリはそれを飲み込む。

瞬間、瞬(またた)く間(ま)に自分が冷静になっていくのがわかった。

さっきまでの熱暴走していた頭が冷えていく。

「あれ……」

同時に、どうしようもないほどに蠱惑(こわく)的に見えていたミントも、その魅力を失っていく。

今ではただの女性にしか見えない。

隣のリドリーは怒っていた。

「まったく。思いのほか、浮気(うわき)性らしいな君は」

「い……いったい何が……」

「あの女性、強烈なフェロモンみたいなものを発している。私は事前にそれを打ち消す薬を飲んでいたから効かなかったがね。今、ワタリに飲ませたのはその薬だ」

ミントはきょとんとしながら、ワタリに尋ねる。

「あの新婚旅行の件は……？」

ワタリは慌てて、頭を下げる。

「ご、ごめんなさい。アレは気の迷いでして……」

「あら、そうだったの」

ミントは寂しさと嬉しさの混じった表情をした。

「でも、それでよかったのかも。また待つのは嫌だから」

「待つ？」

「私、これまでに求婚されることは何度もあったのよ。でも、最終的にはいつも私がフラれちゃうんだ。ううん、私だけじゃない。この星にいる人、全員がフラれちゃう」

「それは、どうして？」

「この星の人の特性のせいよ。冬になるとね、この星の人は冬眠をするの。人型にしては珍しい性質でしょう？」

確かに珍しい。

リドリーとワタリはたくさんの星人を見てきたが、冬眠をする星人に会ったのは初めてだ。

「冬になると体の機能が低下するのよ。その対処として、エネルギーを保つために眠るの。けど、それって恋人にとってはすごく負担だわ。だから、私は求婚に対して、いつもこう返事をするのよ。『結婚することは構いません。けれど、それは来年の春にしましょう。冬の間も私と過ごして、あなたが愛想を尽かさずにいられたら、私は一生をかけてあなたを愛します』って」

今のところ全戦全敗だけどねとミントは苦笑した。

話を聞いていたリドリーはかなり不思議がっていた。

「全敗……?」

「春になって目覚めると隣に誰もいなくなっているのよ。愛想を尽かしてしまうんでしょうね。だから、結婚できたことはないわ」

「おかしいですね。あなたは……いえ、きっとこの星の人たちは極めて強力に人を惹きつけるはずです。ワタリですら一瞬で虜にしたのですから。私の予測では、あなたはたくさんの交配相手に囲まれていないと理屈が通らないのです」

「だったら、私の種族は出来損ないなのかもしれないわね。私の周りにも、結婚できた人は一人もいないから」

ミントは悲しげに俯いた。

「皮肉よね。ここは愛の星などと呼ばれているのに、溢れているのは刹那的な愛ばかり。誰も真実の愛を知らないなんて」

そう言い残して、ミントは去っていった。

ワタリとリドリーは町を歩いてみた。

星の文明のレベルは地球の中世ヨーロッパくらいだろうか。暮らしにくいというほどではなさそうだ。何より際立っていたのは、人々の間の熱気である。

愛の星は、その噂を聞きつけてたくさんの人が訪れる。その訪問者とこの星の住民との間で、もれなくカップルが成立しているようだった。その熱によって、地球で言えば季節は秋頃にもかかわらず町の感温度が高かった。

「結婚しよう。君を愛すよ」

「来年の春に同じ言葉を聞かせてください」

あちこちで、こういう会話が繰り広げられているのを何度も耳にした。

二人は料亭に入って、肉料理を頼んだ。素朴な味わいだが、美味しかった。

料理を食べている時に、ワタリが客席の一つを見て言った。

「あ……さっきの人」

さきほどリドリーに抱き着いていた男が、ミントと仲良く過ごしている。テーブルに着いた二人は、肉料理を食べさせ合っていた。

どうやら二人はカップルになったようだ。

「リドリー、どう思う？　この星」

「うーん……」

「リドリーの薬さえあれば、暮らしていくのは問題ないよね。暑苦しい星ではあるけど……」

「そうだけど……答えを出すにはまだ早いな」

リドリーは馬車が収納されている小物入れを取り出す。

「話によれば、この星の人々は冬眠するらしい。だったら、冬の姿を見てから決めても遅くない。冬になれば動ける人が少なくなって、住みづらいかもしれないからね」

「それもそうだね」

二人は料亭を出ると、馬車に乗って、星を去った。

冬になったらまたここに来ようと決めていた。


二人が星を去って二か月ほどが経った。

愛の星に、冬が訪れようとしている。

軟派な男はまだ愛の星にいた。この二か月、ミントと一緒に暮らしていた。

冬が近づいて、ミントの体の動きは日に日に鈍くなっていく。

気温が下がるにつれ、あるいは日照時間が短くなるにつれ、彼女の運動機能が低下していった。

今では男の支えがなければ歩くことすらままならない。

男に支えられながら、ミントは言った。

「ごめんね、迷惑かけて……」

「気にするな。俺はお前の夫になるんだから」

軟派な男は、今日までたくさんの恋をしてきた。

たくさんの女を好きになり、たくさんの女を抱いてきた。

けれど、愛した女性はこのミントだけだった。

ミントは見た目が抜群に優れているわけでもない。頭脳明晰（めいせき）なわけでもない。

単純にスペックを比較するなら、これまで男が付き合ってきた女の方が優れている。

けれど、男はミントと一緒にいたいと思うのだ。彼女を心から支えたいと思うのだ。

こんな感情は初めてだった。打算でも性欲でもない、この無償の感情。

（――これをきっと愛と呼ぶんだ）

ミントは言う。春になれば、その気持ちは雪解けみたいに解けてしまうのだと。

あなたも私の前からいなくなるのだと。

そんなわけがないという確信が男にはある。

これまでミントの前に現れた他の男はそうだったのかもしれない。けれど、自分だけは違う。

絶対にこの星を出ないという覚悟を示すために、乗ってきた宇宙船を破壊した。

何が起ころうと命を懸けて、ミントを支え、愛し続ける。

――だって、俺はそのために生まれてきたのだから。

そうして、冬がやってきた。

「春になっても、あなたに会えますように」

そう言い残して、ミントは冬の眠りについた。


冬が来たので、ワタリとリドリーの馬車は愛の星に降り立った。

「冬でも、住みよい場所だといいね」

二人は秋に来たのと同じ町にやってきた。

かつては暑苦しいくらいの熱量にあふれていた、まさに愛の星を体現した町。

が、二人は目を疑った。

「星を間違えたかな……」

本当に同じ町なのだろうか。

あれだけ楽しげだった町が静まり返っている。まるでゴーストタウンのように。

「まあ……町の人がみんな冬眠しているんだから当たり前か……」

「それはどうかな」

リドリーは鋭い目つきで町を観察している。

「つがいの相手は冬眠していないはずだ。なのに、この静けさは……ちょっと異常だ」

その時、物陰で何かが動いた。それは八本足で、平べったい生き物だった。一見では、蜘蛛のような印象を与える生き物だった。全長は三メートル近くある。

その生き物の動きはとても素早かった。捕食相手を見つけた肉食蜘蛛のように、八本の足でリドリーに向かって飛び掛かってきた。

あまりの速さに、リドリーは反応すらできない。

「っ!」

だから、ワタリがその生き物を迎撃した。

飛び掛かってきたその生き物を、かかと落としで叩き落とす。ギロチンのように振り下ろされた足は、生き物の背中に穴をあけ、その下の地面まで抉った。緑色の体液が飛び散り、口と尻から内臓を吐き出して生き物は死んだ。死んでなお手足が痙攣するように動いている。

その死骸を見下ろして、二人は絶句した。

「これは……」

正確には、その生き物のある部位を見て絶句した。

蜘蛛で言うならば、腹部の上面に相当する部位。

その生き物の腹部には、女性の寝顔が描かれているように見えたのだ。

「リドリー」

ワタリがリドリーを引っ張る。

気付けば、蜘蛛のような生き物に囲まれていた。

蜘蛛たちの腹部には、やはり人の顔がデスマスクのように刻まれている。

「私から離れたらダメだよ」

言葉に応じて、リドリーはワタリの服の裾を強く握った。

蜘蛛が一斉に飛び掛かってくる。それをワタリは次々に迎撃していく。蜘蛛たちは強くて素早いが、ワタリには及ばない。ワタリが足を振り抜く度、手を突き出す度に、臓物が飛び散り、体液の雨が降った。

三十分ほど戦っただろうか、蜘蛛の襲撃が途切れた。

辺りは痙攣する死骸だらけになっていた。

「リドリー、出よう。この星、まずいよ」

「わかってる」

だが、言葉とは裏腹にリドリーの目には好奇の光が輝いていた。

「この町で何が起きたか、解明したい。ワタリ、護衛を頼んだ」

好奇心を発揮したリドリーを止めることは誰にもできない。

「もう……」

それがわかっているからワタリは嘆息しながらも護衛を引き受けた。

リドリーはポケットからレーダーを取り出した。

それは周囲の生き物を感知できるものだった。

「生存者がいてくれれば一番手っ取り早いんだが……」

画面には無数の光が点滅している。それらの光は、周囲に生き物が無数に潜んでいるところとを示しているのだ。だが、今の設定では蜘蛛の化け物も表示してしまっている。

ダイヤルを操作し、人型の生き物だけを検知できるようにした。

それまで画面に灯っていた光が次々に消えていく。

「……やはり生存者は絶望的か」

と思われたが、一点だけ光が消えずに残った。

「急ごう、リドリー。助けられるかもしれない」

二人は光が示す場所へと向かう。

そこは民家だった。堅く施錠されていたが、ワタリが扉を蹴飛ばして開けた。

扉が破壊される音とともに「ひぃ！」という叫び声が聞こえた。確かに人がいるようだ。

リドリーが室内に呼びかける。

「怖がらないで。襲いに来たんじゃない」

呼びかけて数秒後、男が飛び出してきた。

それはいつかリドリーに抱き着いた男だった。ひげが生え、髪が伸びているが間違いない。

男はすっかり痩せさらばえて、眼は落ちくぼんでいた。すさまじい恐怖に見舞われたのだろう、秋に会った時より十は老(ふ)けて見えた。

「あ、ああ……！」

男はリドリーとワタリを見て、泣き出した。

「女神……女神様だ……」

言ってリドリーに抱き着いた。リドリーは、今度はそれを拒絶しないで、優しく言う。

「無事でよかった」

リドリーはホッとする。

男が生きてくれていたおかげで、この町で何が起きたか知ることができる。

「いったい何が起きたんだい」

一刻も早く事情を知りたかった。

だが、男はそうではない。一刻も早くここを立ち去ることが重要だった。

「それよりも、ここから連れ出してくれ。宇宙船の中で話ならいくらでもする」

「順序が逆だ。話を聞かせてくれたら、君を宇宙船に乗せてやる」

「そんな」

男は縋(すが)るような瞳でリドリーを見たが、リドリーが引く気配は全くなかった。何が起きたか知るために男を助けたのだから。今すぐ知りたいのだ。

やがて男は観念した。全て喋(しゃべ)った方が、結果として早く宇宙船に乗せてもらえると理解したからだろう。

「俺は、ミントが冬眠するのを見たんだ。春まで彼女の傍で待つつもりだった。他の家の人たちもそう。この星にやってきた人たちは、皆、愛する人が目覚めるのを待ってた。なのに……」

男は身震いして言った。

「膨らんだんだ」

「膨らんだ？」

「寝ているミントの顔が、いきなり膨らんで……背中の下から毛の生えた八本の足が生えてきたんだ。背中がパッカリ割れて、そこから足が生えてきたらしい……。それで蜘蛛の化け物に変わっちまった。かわいいミントの顔は……蜘蛛の腹の部分になっちまったんだ」

「興味深い。それで」

リドリーは子供のように純真な目で続きを促す。

「化け物になったミントは俺を襲った……。俺が呼びかけても、全然反応がなかった……。あれだけ愛を誓い合ったのに……。襲ってくるミントはすごい力で……とても太刀打ちできなかった。逃げられたのは、運が良かったからとしか言いようがない」

「君は、町の様子を見たかい？」

「ああ、俺は家の外に逃げ出した。助けを求めたんだ。ミントを止めてくれって、助けを……。

でも、ああ……。本当に悪夢だった。町には蜘蛛（くも）の化け物が溢（あふ）れていたんだ……。ほとんどみんな、食われちまってた。それが一週間前のこと……。俺は空き家を見つけて、鍵をかけて、潜むことしかできなかった。生きた心地がしなかったよ……」

「なるほど」

男の説明で、リドリーにはこの星の人々の生態がおおよそわかった。

「ミントがまさか冬眠の間は化け物になるなんて……」

「いや、逆だと思うよ」

「逆？」

「あれは冬眠じゃない。冬眠っていうのはエネルギーを抑えるために行うものだ。でも、どうみたってあの生き物は、人型よりも蜘蛛（くも）型の方が消費エネルギーが大きい。おそらくは、寒くなると動けなくなるんじゃなくて、暑くなると動けなくなるんだ。だから、春がやってくると、燃費のいい人型に変わって冬眠……いや、春眠するんだ」

「人型で眠る……？　何言ってるんだ、俺はミントとたくさん話をした。眠っていたら話なんてできないはずだろ」

「前提が違う。君がミントという人格の方を本体と考えるのは無理ないが……そっちは本体じゃない。化け物の方が本体。化け物の本性が眠っている間は、ミントという人格が……温かい季節に本体を守るためだけに作られた人格が顔を出すんだ。理性的に喋（しゃべ）っていたのは、単なる自衛手段。ただ眠っているだけだとあまりに無防備だから、会話によって戦いを避けるように進化したんだろう」

リドリーは解説を続ける。

「ここからが彼らの巧妙なところだ。彼らは眠っている時間も無駄にはしない。その話術で、そしてフェロモンで、餌を確保するんだ。餌が近くにあれば、眠りから覚めた時、枯渇した体にエネルギーを即座に供給できる」

「え……餌……」

男は頭を押さえる。

「俺が……餌？　違う。ミントは……俺を愛していたはずだ。俺がミントを愛していたように」

「それもよくできている。愛してると思わせることで、春眠の間、彼らは餌に自分たちを守らせるんだ。こう思わなかったかい、『命を懸けて自分が彼女を守らないと』」

男は返事をしなかった。

（……確かにそう思った）

この先、自分の命を賭してでも彼女を守りたいと。

「凄い生き物だ。この無駄のなさは、美しさすら感じるね」

リドリーは満足げに言った。

「さて、知的好奇心は満たされた。一緒にこの星を出よう」

ワタリとリドリーが民家の外に出る。男は幽霊のようにふらつく足取りで二人に続いた。

リドリーが小物入れを取り出す。

そこから魔法のように馬車を出現させて、三人は乗り込んだ。

「………」

馬車の中で意気消沈している男に、リドリーは言う。

「慰めるわけじゃないが……」

聞いているのかどうかわからないが、男は黙り込んでいる。

「気を落とさずに、次の恋を見つけたまえ。今度は、騙(だま)されないように……」

男がぼそりという。

「騙(だま)されないように……」

男は虚(うつ)ろな目でリドリーを見た。

「なあ、アンタ、博士なんだろ？」

「科学者だ」

「どっちでもいいから教えてくれ。あの蜘蛛(くも)がミントの正体だとしたら……ミントはどこに行ったんだ。俺のことを愛してくれたミントは……。ミントが俺を騙(だま)していたようにはとても
……」

「そうだね。騙していたように見えなかったことについては、私も同意見だ」

リドリーはミントの様子を思い出す。ワタリと話している時も、男と話している時も、ミントに嘘や邪心があるようには見えなかった。

蜘蛛の行動も思い出す。闇雲に襲ってきた彼らはお世辞にも知性的とは言えなかった。

リドリーには確信がある。ミントという人格は、蜘蛛の化け物が作り出した幻に過ぎないと。

ミントは人を惑わすために作られた人格だ。蜘蛛が自衛のために生み出した人格。

だが、蜘蛛の本性と、ミントの人格の間には明確な途絶がある。

ならば、ミントは知らないのかもしれない。自分の正体が化け物であることも、自分が愛する人を毎年食っていることも。

知らずに、待ち続けているのかもしれない。

自分を愛してくれる人が現れるのを。

「……冬の間は本当に眠っているのかもね。化け物の本能の下で……」

「なら……」

「共存は無理だぞ」

「そっか。……そうだよな」

馬車は空へと上昇を続ける。

「ありがとう、はっきり言ってくれて。諦めがついたぜ」

男の目に微かに元気が灯った。

「新しい恋に生きようかな。どう、お姉さん。今度こそ俺とお茶でも……」

「ははは、突き落とすぞ？」

馬車はもうかなりの高度に達している。

「手厳しいな」

言って、男は馬車の窓から町を見下ろした。

ちょうど一匹の蜘蛛が這ってくるところだった。

その蜘蛛を見て、男は目を見開く。

腹に書かれているその模様は。

「ミント……」

その瞬間、男の心に蘇ってきたのは言いようのない懐かしさだった。

ミントと共に過ごした日々。

ほんの二か月ほどだったが、こんなに充実した時間は生まれて初めてだった。どうして人が人を愛するのか理解した気さえした。

わかっている。ミントが自分を食おうとしていたことは。

でも、

でも、まだそこにいるのなら。冬眠しているだけなのなら。

「馬車を下ろしてくれ、頼む！」

リドリーが言う。

「馬鹿を言え！　君も男なら聞き分けたまえ！」

「いいから早く！」

「馬車は下ろさない！　別に君の命が大事なわけじゃないがね、目の前で死なれると夢見が悪い」

リドリーの声に応じて、機械の御者が鞭を振るう。馬車は速度を上げて、上昇を続けた。

眼下のミントの顔は、どんどん小さくなっていく。

「ミント！」

叫んで、男は窓を開けた。脳裏にはミントの言葉が蘇っていた。


——春になっても、あなたに会えますように。


同じ約束をたくさんの人としてきたのだという。

けれど、一度も守られなかったと彼女は言った。

だから、決めた。自分だけは絶対に裏切らないと。

その自分が、ミントを置いてこの星を去るのか。

体が勝手に動いていた。気付いた時には、男の体は馬車から飛んでいた。
ワタリが身を乗り出して男を掴もうとしたが、わずかに手が届かなかった。
落ちる。落ちる。
落ちながら、思い出す。
一緒に過ごした時に、彼女が言っていた言葉。
――ここは愛の星なのに、真の愛はひとつもないのよ。
寂しげに、顔を伏せていた。
（なら、俺が示すよ）
君がどんな姿でも、君が俺を殺そうとしても、君の姿が春だけの幻でも。
「俺は、君を愛している」
そう言うのと同時に、男は地面に落ちた。
まな板を肉に叩きつけるような音が響き渡った。
即死だった。潰れたトマトのようになって、男は死んだ。
ミントの顔を刻んだ蜘蛛が男の傍にやってきた。
その蜘蛛は動いているものしか生き物として認識できない性質を有していた。
だから、蜘蛛は男の近くに寄ったが、死体を貪ったりしなかった。
ただじっとしている。

ワタリとリドリーが馬車から一人と一匹を見下ろしていた。

まるで蜘蛛は男の死を悼んで、寄り添っているように見えてしまう。

ワタリが言った。

「あの人は本当にミントさんを愛していたんだね」

「さあ、どうかな。例の強烈なフェロモンに頭をやられていただけかもしれない」

でも……と言って、リドリーは思い直す。

もし。

ワタリが化け物になってしまったら。

それでも自分はワタリの傍にいたいと思うだろう。ワタリに殺されてもいいと思うだろう。

フェロモンに毒されているわけでもないのに、きっとあの男と同じ行動を取る。

自分の愛を示すために。

「訂正する。愛していたのかもしれないね」

自分の愚行と、男の愚行。

そのどちらが真の愛なのか、見極める術はリドリーも知らない。

焔の星

馬車から見えたのは、碧い星だった。

地上を走る馬車から、空を見上げているのではない。

銀河を走る馬車から、宇宙の闇を見つめているのである。

その馬車は、馬車を模した宇宙船だった。開発者である科学者の懐古趣味が高じて作られたものだ。およそ空を飛びそうにないものを飛ばすことに、その科学者は浪漫を感じていたのである。

その科学者の名前はリドリーといった。馬車の籠の中に座っている。

リドリーの隣にはワタリという名の少女がいた。

二人は銀河を一緒に旅し、星を巡っている。

車窓から見えている碧い星は、次の行き先なのだ。

かつてワタリとリドリーが住んでいた地球の蒼とは違う色合いである。

「きれい……」

車窓からその星を見つめているリドリーが言った。

ワタリもその星を見てみたが、

「…………」

特に感想はなかった。もとよりあまり喋る少女ではない。

リドリーが言った。

「ここなら私達の新しい住処になってくれるかもしれないね」

ワタリは黙ったまま頷いた。

二人を乗せる馬車が碧い星へと降り立つ。

小さな小さな星だった。直径は五十キロほどしかないだろう。

それでこの星の色合いが蒼ではなく碧だった理由を理解した。

二人は馬車の扉を開けて、碧い星へと降りた。

降り立った先は密林だったのだ。地球とは違う植生の植物が絡まり合うように密集していた。

つまり車窓から見えていたのは海の蒼ではなく、植物の碧だったのである。

「おや」

リドリーが不思議そうな声を出した。

彼女の視線の先には、一機の宇宙船があった。

「私達以外にもこの星を訪れる者が……」

その宇宙船からもちょうど人が降りてきた。現れたのは一人の青年で、ひどく焦っているようだった。

　青年は呟く。

「この星にルサンが……」

　その呟きは耳のいいワタリにだけ聞こえた。

　呟いた後、青年はどこかへと駆けていった。

　リドリーがポーチから小物入れを取り出した。それを馬車に向けると、馬車は小物入れへと吸い込まれるように格納された。それはただの小物入れではない。二十二世紀末の科学技術の粋を集めて作られた小物入れだ。中には多次元的な空間が広がっているため、ほとんど何でも収納できるのである。リドリーはこういった道具を無数に持っていた。

「さて、私達も行こうか」

　リドリーとワタリはこの星の探索を始める。二人が向かったのは、先の青年が駆けていったのとは逆方向だった。

　三十分ほど密林を歩くと、視界が開けた。密林はそこで終わった。

「わぁ……」

　ワタリが感嘆の声を上げた。

　広がっていたのは、美しい自然に彩られた村。

　大きな木を切り出して作られた建築物が点在している。建築物にはことごとく蔦が絡みついていた。

何より特徴的なのは、この星に住む人々だった。

蔓が歩いている、とでも言おうか。

無数の蔓が絡まって、様々な生き物の形を作り上げていた。犬もいれば猫もいて、鳥もいた。

そのうち、人間の形をした蔓がワタリに話しかけてきた。

『ようこそ、美しき碧の星へ。こんにちは、旅の人。我々蔓の人はあなた方を歓迎します』

声帯が生む声ではない。頭に直接響いてくる音波のような声だった。

「きゃっ……」

蔓の人に話しかけられたワタリは驚いて、リドリーの後ろに隠れた。

『失礼。驚かしてしまいましたね。蔓で出来た人間を見たら、誰だって驚くのに』

蔓の人が申し訳なさそうに言った。

女性のような形をした蔓の人で、顔の半分に火傷の痕があった。

ワタリの代わりにリドリーが答える。

「いえいえ、そういうわけでは。私達は色んな星を渡ってきました。蔓の人もさほど驚きには値しません」

リドリーはワタリの頭を撫でて言った。安心させようという気遣いが指先から感じられて、ワタリは少し安堵する。リドリーの指が好きなのだ。

「ただワタリは極度の人見知りなのです」

二人は一緒に旅をしていて、人と話すのはリドリーの役目なのだ。リドリーはコミュニケーション能力に長(た)けていた。

『それならよいのですが……。私達には、あなた方に対する敵意はないのです』

「ええ、わかっております」

リドリーは感覚が鋭敏だった。敵意を向けられればすぐにわかる。彼女の感覚の鋭さは、二人が今日まで多くの星を渡ってこられた理由の一つだった。

『私達の星は、旅人さんを歓迎しております。旅人さんにはこの星の良さを知っていただきたいからです』

その言葉には確かに敵意がなかったから、ひとまずリドリーは蔓(つる)の人を信じることにした。

『長旅でお疲れでしょう。宿にご案内いたします。私は宿で働いておりますので』

蔓(つる)の人が歩き出す。道案内をしてくれるらしい。

「行こう、ワタリ」

ワタリはリドリーの背中にぴったりくっついて歩き出した。

案内されたのは大樹を切り出して作った宿で、部屋数はあまり多くはないようだった。

リドリーが蔓(つる)の人に尋ねた。

「お代は……？」

リドリーは貨幣を取り出そうとした。様々な星で使える万能の貨幣である。けれど蔓の人がそれを制した。

『お金など頂けません。この星の良さを知っていただければ、それ以上の報酬はないのです』

リドリーはその言葉が気にかかった。

「親切すぎますね。どうしてそんなにこの星の良さを知ってもらいたいのですか？」

口調こそ柔らかだが、明らかに警戒から発された一言だった。ワタリとリドリーが住んでいた星では、根っからの善意で行動する人間は極めて少なかったのだ。

蔓の人はバツが悪そうに言った。

『実は下心があります……。この星の良さを知ってもらうことで、移住してもらいたいと思っているのです。この星は自然に囲まれた良いところなのですが、素朴過ぎて人が寄り付かないのです』

なるほどとリドリーは納得した。見たところ、この星は文明のレベルはあまり高くない。せいぜい地球の中世レベルだ。娯楽も少ないだろう。

「派手な星でないと人は寄り付きにくいですものね」

『そういうことです』

人が寄り付きやすい星は、高度に発達した科学や魔法を有していることが多いのだ。

火傷痕がある蔓の人は二人を客室へと案内した。調度品は全て木で出来ていた。木の温かみと芳しい香りを感じられる良い部屋だった。

『それではごゆっくり……』

言って、蔓の人は部屋を後にした。

二人きりになると、ワタリが活発に動き出す。彼女は室内を捜索し、ある物を見つけた。

「お風呂……！」

ヒノキに似た木で造られた浴槽付きのお風呂だ。既に湯が張ってある。

あまり感情を表に出さないワタリだが、今は声が感動に震えていた。二人は多くの星を巡ってきたが、お風呂のある星は決して多くなかった。

ワタリは着ているワンピースのボタンをぽつりぽつりと外し始めた。脱ぎ捨てられたワンピースドレスが木の床にぶつかってごとんという音を立てた。

ワタリはあっという間に裸になった。無理もない。このところ、馬車に併設された簡易入浴施設でしか体を洗えていなかったのだ。大きな風呂を見て我慢できるはずがなかった。

「おいおいワタリ。待たないか。約束を忘れたのかい」

リドリーがワタリを制した。

「入りたい……すぐ……」

雨に打たれる子犬のような目でワタリはリドリーを見上げた。

「そう慌てるんじゃない。お風呂は一緒に入る約束だろう？　一人で入ったら危ないんだから」

言うとリドリーも服を脱ぎ始めた。しゅるしゅると衣擦れの音がする。

リドリーも裸になった。それをワタリは見つめる。肉付きのいい自分とは対極に位置する肢体。無駄な肉が一切ついていないその肉体美には、同性でも見惚れてしまう。

直視できず俯くワタリの手を引いて、リドリーはお風呂へと向かった。

「さ、入ろう」

リドリーがこれほどまでにワタリと一緒にお風呂に入りたがったのは、ワタリのことが好きだからではない。

ある星での出来事のせいだった。その星は言うならばマフィアの星で、マフィア星人とも呼ぶべき人々が住んでいた。そんな星だから危ない薬のやりとりなどが横行していた。リドリーらが泊まった宿も例外ではなく、そこでは人身売買が行われていた。宿に備え付けられた風呂の壁が回転扉になっていて、そこから客人を誘拐するのである。その頃の二人は別々にお風呂に入っていたから、まんまと相方がさらわれてしまった。どうにか相方を助け出すことに成功したものの、もうあんな大変な思いをしたくないとリドリーは切に思っている。それ以来、何かあっても相方を守れるようにと二人は一緒に風呂に入っているのである。

お風呂に入った二人は互いに体を洗いっこした。蔓の星の風呂は、どうやら回転扉になっていることはないようだった。

だが、リドリーの体を洗っている時に、ワタリはあることに気付いた。

「リドリー……。指が……」

見れば指先が緑がかっている。

「おや」

石鹼を使って何度洗っても全く落ちなかった。

碧の星は食事も素敵だった。

何よりよかったのはやはり野菜と果実だった。それらを扱った料理はもはや天下一品。特に果物の甘さときたら、エデンの果実を採ってきたのかと思ってしまうほどである。偏食で野菜と果物が嫌いなリドリーですら、ここではたくさんの果物と野菜を喜んで食べた。

毎日、好きな時に食堂に行けばこれらが食べられるなんて。異星の者がこんな歓待を受けることはめったにない。

「ほら、ワタリ。あ〜ん」

一粒のブドウに似た果実をリドリーはワタリの口に放り込む。

「……！」

ワタリはほっぺを押さえて身悶えした。痺れるような甘さが脊髄を駆け抜けていた。天にも昇りそうな心地である。

「これは本当においしい……！」

次々とブドウ似の粒を口に放り込んでいくワタリを見て、通りかかった火傷痕がある蔓の人が言った。

『気に入ってくださったようでうれしいです』

それから二日が過ぎた夜のこと。

二人が食堂で舌鼓を打っていると、顔に火傷痕がある蔓の人がやってきた。彼女は二人を宿に案内してくれた蔓の人だ。

その人がやってきた時、リドリーはお酒を飲んでいた。顔を真っ赤にして、ぐでんぐでんになっている。彼女はお酒が大好きだが、同時にお酒にとても弱かった。リドリーの隣では、ワタリが淑やかにお酌をしている。

「この星は最高れす。お酒もおいしいでしゅねぇ！」

お酒の力で、リドリーの本音がポロリと零れる。

「ここにいたらダメ人間になってしまいそうれす」

蔓の人の笑い声が頭に響いた。

『どうぞ、ダメ人間になってくださいな。この星ならそれも許されます』

リドリーが手にしている盃を火傷痕がある蔓の人に差し出した。

「さ、蔓の人さんもどうぞ」

『いえ、私どもはお酒も飲みません。それは旅人さんのものです』

「なぁにぃ～!?」

リドリーの眉が吊り上がる。

「私の酒が飲めないって言うんですかぁ～」

リドリーは酒癖が悪かった。ぐいと蔓の人に盃を押し付ける。

「騙されたと思って飲んでくだしゃいよ。心がね、ウキウキしてきてね。楽しいれすからね」

「リドリー……。無理強いはあんまりよくない……」

『いいえ、飲みましょう』

火傷痕がある蔓の人は盃を受け取った。

『旅人さんのお気遣いを無碍にしようとした私が間違っていました』

火傷痕がある蔓の人は盃に口をつける。

『もう一杯』

次々と酒を飲んでいく。

「いい飲みっぷりれすね～！　きゃはは！」

リドリーは楽しそうだった。心がウキウキしている彼女は、何を見ても面白いのだ。

その晩、三人はお酒を飲んで語り合った。

だが、どれだけお酒を飲んでも、火傷痕がある蔓の人が酔っぱらうことはなかった。

「ウキウキしませんかぁ、心がぁ……」

蔓の人の顔色は少しも赤くなっていない。

『はい。全然ウキウキしません』

「きゃはは！　おもしろいこと言うなぁっ！」

リドリーが爆笑した。

「それって心がないからじゃないの？」

気まずい沈黙が降りてきた。リドリーだけがそれに気付かない。

「リドリー……。蔓の人さんは人間と体のつくりが違うから……そもそも酔わないのかもしれないよ……」

だが、ワタリの言葉をリドリーは聞いていなかった。

「ぐー……」

アルコールが回った彼女はテーブルに突っ伏して眠っていた。

眠ったリドリーを担ぎ上げて、ワタリが蔓の人に謝った。

「ごめんなさい……。リドリーは……お酒を飲むと失礼を働くことがあるんです」

ワタリはおずおずと蔓の人を見た。相手が傷ついていないか心配だった。「心がない」なんて、リドリーが酔っていたことを差し引いても相当失礼な言葉だ。

だが、火傷痕がある蔓の人は平坦な声で答えた。

『いえ、気にしていませんよ』

その表情に、傷ついたり、不快になった色はない。

顔色一つ変わっていない。どれだけ酒を飲んでも赤くならない顔がそこにあった。

その翌日、リドリーは二日酔いになった。午前中はとても動けなかったので、村に出たのはお昼過ぎになった。

リドリーはまだ少しおぼつかない足取りでワタリと共に村を歩く。

「う〜、まだ頭痛い……」

「もう少し宿で休んでた方が良かったんじゃない？」

「ううん、いいんだ。この星のこと知らないといけないからね。私達が移住するに相応しい場所かどうか……」

「……そうだね。私もそれは知りたい。じゃあ、どこから見て回ろうか」

「名所が見たいな。この星に住むに際して知っておかなければいけない場所。そういう場所に行けば、この星の精神性もおおよそわかるというものだ」

その星が如何なる精神性を有しているのかは、移住を決めるに際して重要な判断材料になる。

村を歩いていた蔓の人の一人を捕まえて、リドリーが尋ねる。

「すみません」

『なんでしょう』

道行く蔓の人はみな親切な雰囲気を漂わせていて、声をかけやすかった。

「この辺りで名所とかありますか？」

『名所、ですか？』

「はい。この星の住人なら知っておくべき場所に行きたいのです。私達はこの星への移住を考えていますので」

『ああ、それなら……』

蔓の人は朗らかに言った。

『我々蔓の人が集う場所がありますよ』

蔓の人に案内されて村はずれに向かった。はずれに向かえば向かう程、周囲の碧は濃くなっていった。

辿り着いたのは、教会だった。だが、リドリーらが知っている教会とは形状が異なっていた。小さなドームが無数に連なっているような形状だ。この星独自の建築様式なのだろう。

この建物だけ、植物で出来ていなかった。

案内してくれた蔓の人が言った。

『この星に住むなら、この教会のことは絶対に知っておかなければいけません』

いえ、正確には……と蔓の人は繋いだ。

『あの絵のことを知っておかなければいけません』

そう言い残して、蔓の人は去っていった。

「あの絵……？」

訝しみながら教会に入った二人だが、蔓の人が何を言っていたのかはすぐにわかった。

聖堂で無数の蔓の人が、大きな絵画に向かって祈りを捧げていたからだ。

宗教画なのだろう。壮大な絵だった。

悪魔だろうか。黒い有象無象が絵の下方で燃やされている。

絵の上方には神と思しきものが描かれていて、それが天よりの炎によって悪魔を焼いているのだ。

祈禱する人々の列の中には、顔に火傷痕がある蔓の人もいた。

リドリーは彼女の祈りを見つめていた。それは真摯で誠実なものだった。邪魔することなどできなかったので、祈りが終わるまで静かにしていた。

「………」

一方でワタリは宗教画に見惚れている。

悪魔を焼く炎、その色使いをじっと見つめていた。

(綺麗な赤……。何もかもを飲み込んでしまいそう)

やがて火傷痕がある蔓の人が顔を上げる。祈りを終えたのだ。彼女はリドリーたちに気付いて、声をかけてきた。

『リドリーさんにワタリさん。いらしていたんですね』

火傷痕がある蔓の人にリドリーが尋ねた。

「どんなことをお祈りしていたんですか？」

『えっ？』

「ほら、恋愛成就とか家内安全とか」

火傷痕がある蔓の人は呆けたような顔をした。

『わかりません……』

「え？」

『なんででしょう。ここでお祈りをしなければいけない気がしているんです』

「習慣故に理由がわからない、というようなことでしょうか」

火傷痕がある蔓の人は思案の後、頷いた。

『はい。そういう感覚が近いと思います。あの絵を見ると……胸が苦しくなって……神様に助けてほしい気持ちになるのです。うまく説明できないのですが……』

「いえ、今のご説明で十分です。信仰心に対して、言葉での説明を求めた私が無粋でした」

リドリーはぺこりと頭を下げた。

(説明なんて、不要だ)

リドリーはこの教会を「いいな」と思った。

この空間には人の祈りが、真摯な気持ちが満ちているのを感じる。

何かを願う、無垢な祈りで満たされている。

なるほど、この教会は確かに知っておかなければいけない場所だろう。

リドリーは火傷痕がある蔓の人に謝った。

「昨晩は失礼いたしました」

『何のことですか？』

「酒の席だったとはいえ『心がないのでは』などという暴言を……」

『それならワタリさんが代わりに謝ってくれました。気にしていませんよ』

リドリーとて本気で言っていたわけではなかったが、この祈りの間を見て、昨晩の発言を心から恥じた。こんなにも心に満ちている空間、銀河にもそうはない。こちらを先に見ていれば、冗談でも『心がない』などとは言えなかったに違いない。

(この星なら住んでもいいかもしれない)

祈りを捧げ続ける蔓の人たちを見つめて、そう思った。

隣のワタリを見る。二人は以心伝心だから、目を見れば気持ちはわかる。どうやら自分と同じ気持ちでいてくれているようだ。ワタリはリドリーを見て微笑んだ。

「リドリーと一緒なら……どこへでも」

数日後、二人は居住したい気持ちを火傷痕がある蔓の人に打ち明けた。

「この星に住みたいと思っています」

ワタリがこくこくと頷いて同意を示す。

『その言葉をお待ちしておりました』

蔓の人は嬉しそうに言った。顔の半分を覆う火傷の痕が、ひきつるように動いた。

『ですが……』

蔓の人は顔を伏せる。

『一つ、隠していたことがあるのです。この星に移住した者は、体が植物になってしまいます。私もそうなのです。この星に来るまではあなたたちと同じ姿の人間でした』

リドリーが尋ねた。

「私達の指先が緑がかっているのは、植物に近付いているからですか？」

蔓の人は静かに頷く。

リドリーはワタリの顔を覗き込んで尋ねた。

「それくらいは。ねえ？」

ワタリが頷く。

「郷に入っては郷に従えという言葉があります。蔓の星に住む以上、蔓の人になるのは当然だと思います。ベストプレイスに辿り着けるなら、植物になるくらいなんてことはないですよ」

それから三日が過ぎた。楽しい三日間だった。多くの星を渡り歩いてきた二人だが、こんなに穏やかな気分になれる星は数えるほどしかなかった。

植物化は進行し、二人は髪が蔓になっていた。指先には小さな花が咲いている。

ある日、リドリーとワタリは一緒に蔓の村を歩いていた。美しい緑と綺麗な空気のおかげで、歩くだけでも心地よい星なのだ。村には森の中に特有の静謐さが満ちている。

だが、その静けさが突如として破られた。

「教えてくれ！　ルサンは一体どこにいる？」

蔓の人の声ではない。彼らの声はテレパシーのように頭に響いて聞こえるのだが、今聞こえているのは声帯を震わして出される人間の声だった。

見れば、青年が蔓の人たちに囲まれていた。

「あれ、彼は……」

その青年にリドリーたちは見覚えがあった。リドリーたちとほとんど同時にこの星にやってきていた青年だ。確か彼はリドリーらとは別の方向へと向かっていたのだが……。

『落ち着いてください。あなたのお探しのルサンという女性は、この星には来ていません』

「そんなわけがあるか。アイツは確かに俺に言ったんだ。この星に向かうと。それ以来、連絡が取れていない。この星にいるはずなんだ」

青年は自分の顔の左半分を指差した。

「顔に火傷の痕があるのが特徴なんだ。見ていないか」

「おや？」とリドリーは思った。顔に火傷の痕がある人間をリドリーは知っている。厳密には蔓の人をだが。

「ルサンに会わせろ。会わせてくれ。お前らが隠しているんだろ！」

青年が暴れ出したので、蔓の人たちが集まってきて押さえつけた。

『牢屋に放り込んでおけ！』

「くっ……放せ」

青年はもがいたが、多勢に無勢だった。そのまま連れ去られていった。

リドリーはその光景を見て、じっと考え込んでいた。

「ルサンというのが、宿屋にいる火傷痕の人のことなら……」

会わせてあげないとかわいそうだとリドリーは思った。

その日、宿に戻ったリドリーは、顔に火傷痕がある蔓の人に声をかけた。

「ルサンさん」

だが、返事はない。

（ルサンさんと呼んで反応がないということは……）

もしかするとルサンではないのかもしれない。顔に火傷痕があるだけの人違い。大いにあり得る。顔に火傷の痕がある女性は珍しいが、銀河を見渡せば決していないわけではないだろう。青年が探している女性とは別人なのかもしれない。

そこで火傷の痕がある蔓の人が、リドリーに気付いた。

『お戻りですか、リドリーさん』

「ええ、ただいま」

だが、リドリーはどうしても気にかかった。青年は顔の左半分を指して、「火傷がある」と言っていた。目の前の蔓の人も、顔の左半分に火傷の痕がある。偶然にしては出来すぎているのではないか。

「そういえば、あなたのお名前を聞いていませんでしたね」

この人がルサンかどうか知りたいなら直接聞くのが早いと思って尋ねた。

リドリーのこの問いに、火傷痕がある蔓の人はこう聞き返した。

『どうしてそんなことを聞くんです？』

リドリーはピンときた。何か隠している者の反応だったのだ。

「……これから一緒にこの星で暮らすんです。お友達のことは知っておきたいと思って」

リドリーは問いを重ねる。

「この星に来る前は、どんな生活をしていたんですか？」

蔓の人は少し静止した後に言った。

『あまり話したくはないのですが……』

だが、思案の後、蔓の人は話し始めた。

『この星に来る前は……私は一人で暮らしていました。小さい頃に親に捨てられ……女一人で生きていくために、やりたくない仕事もしました。自分の名前だって、思い出したくありません、……だからあまり話したくないのです』

リドリーは火傷痕を見つめながら、彼女の生い立ちを聞いていた。

その晩、リドリーはワタリと共にこっそりと宿を出た。

ワタリが聞いた。

「どこへ行くの……？」

「囚われの青年のところさ」

「どうして……？」

「私の勘では、火傷痕がある蔓の人は何か隠している。私の質問に、質問で返した」

質問に質問で返す行為。リドリーの経験則においては、それは返答に窮した時の時間稼ぎに使われることが多かった。何かあるはずだとリドリーは踏んでいる。

村はずれの方で、二人は簡易的な牢屋のような建物を見つけた。蔓が絡まってできた小屋だった。おそらく青年はここに囚われている。

見張りと思しき蔓の人の男性が一人だけ立っている。他に見張りはいない。長閑な星だからか、犯罪に対する警戒意識はあまり高くないようだった。

リドリーの秘密兵器を使って見張りを強行突破することはできるが、まだ実力行使をする段階にはないとリドリーは判断した。

「こんなこともあろうかと……」

リドリーは携帯していた水筒に口をつける。中に入っているのは宿で出されたお酒だった。

お酒をグイっと飲んだ後、リドリーはこっそりと見張りの蔓の人に近付くと、背後から抱き着いた。

「お兄さん、あ〜そ〜びましょ〜」

『う、うわ！　なんだ！』

蔓の人の慌てた声が響く。

「えへへ、良い体してますね〜、お兄さん。蔓なのに〜」

言いながら、リドリーは蔓の人の全身をべたべたと触りまくった。そしてさりげなく見張りの蔓の人に吐息を吹きかける。リドリーの吐息からはアルコールの匂いがした。

『酔っぱらってるな?』

「えぇ～? 私、酔ってませんよぉ～」

『酔っぱらいはみんなそう言うんだ』

リドリーは酔っぱらいの真似がうまかった。蔓の人から離れると、地べたに座り込んで眠ったふりをした。

リドリーを見下ろして、蔓の人は嘆息する。『宿まで運んでやるべきかな……』

だが、その時、遠くから声がした。

「火事……! 火事だよ……!」

『なんだって!』

蔓の見張りは声の方に駆けだそうとする。だが、足が止まった。

(見張りという職務を放棄することになる……)

だが、迷ったのは一瞬だった。

(大した問題ではあるまい)

囚われの青年が自力で脱出できるとは思えないし、彼を助ける仲間もいないようだ。何より鍵は自分が持っている。

それよりも火事をどうにかする方が大事だ。この星は緑に覆われているから、小火も放っておけば大火になってしまう。

『今行くぞ』

見張りは声が聞こえた方へと駆け出した。

遠くへ駆けていく見張りの足音が聞こえなくなった頃、リドリーが起き上がった。

「ちょろいね」

その手には、見張りに抱き着いた時に掠め取った鍵が握られていた。リドリーは手先が器用なのだ。

なお、「火事……！」と遠くで叫んだのはワタリだ。見張りを引き付けるようにリドリーに指示されていたのである。ワタリは引っ込み思案なので大声を出すのは苦手だが、頑張った。

リドリーは青年が捕まっている牢へ入る。青年はすぐに見つかった。丈夫な蔓が絡み合って出来た牢の中にいた。

「すぐに出してあげるよ」

掠め取った鍵を錠前に差し込む。鍵も錠前も植物で出来ていたから、勝手がわからず少してこずった。

青年がリドリーに尋ねる。

「どうして俺を助けてくれるんだ」

「この星の真実を判明させたくてね。ついておいで、ルサンさんに会わせてあげる」

リドリーが先導し、牢を出る。夜陰に隠れながら、青年を宿へと連れていく。顔に火傷痕がある蔓の人が働いている宿へと。

道中でリドリーは尋ねた。

「ルサンさんとは、どういう関係なんだい？」

「将来を誓い合った恋人だ。幼い頃から二人で助け合って生きてきた」

リドリーが悲しそうに顔を伏せる。

この時点で、昼間にリドリーが聞いた生い立ちと食い違っている。

「あっ……あっ……」

その頃、ワタリは蔓の人に囲まれていた。「火事……！」なんて叫んだものだから、たくさんの蔓の人を呼び寄せてしまった。想定していたよりもずっと多くの星人が集まってきている。

ワタリは人見知りだから、たくさんの人に囲まれた状況に耐えられない。緊張で心臓がバクバクといって、汗が止まらない。

ワタリを囲んでいる星人のうちの一人が、ワタリに尋ねる。

『どこで火事が起きてるんだ？』

「あっ……あぅ………………」

額に汗が噴き出す。濡れたキャミソールが体に張り付いて気持ち悪い。大勢の人に囲まれて、ワタリは完全に参ってしまっていた。

『早く教えてくれ。火事が起きているなら早く消さないといけないんだ』

「あっ……火事……じゃない……あっ……です……」

絞り出すような声で、なんとかそれだけ言う。蔓の人たちが自分に敵意を向けた気がした。

それが辛くて、消えたくなった。

『悪戯ってことか……？』

『全く。人騒がせな娘さんだ』

蔓の人が嘆息するのが聞こえた。

「ご……ごめんなさい……」

蔓の人たちが去っていく。それでワタリはやっと人心地つけそうだった。ほっと溜息をつく。

ワタリは思わず呟いた。「リドリー……恨むよ……」

が、どうしてだろう。散ったはずの蔓の人たちがまた集まってきた。そしてワタリを再び取り囲んだ。

「あっ……なんでしょう……。あの……さっきのことなら……本当に……ごめんなさい」

火事と叫んだことをワタリはまた謝った。

だが、今度は蔓の人たちは散ってくれなかった。

蔓の人がワタリの細い腕を摑んだ。植物でありながら、人間の男性よりも力強かった。

「ああっ……何を……」

蔓(つる)の人が腕に強い力を込める。まるで万力のようだった。

「い……痛い……！」

蔓(つる)の人が無感情な声音で言う。

『事情が変わった。お前は我々が拘束する』

無数の蔓(つる)の人が、小さな女の子に殺到した。

彼らのしなやかな、けれど強い腕は、少女の力では振りほどけない。

「リドリー……！」

ワタリは痛みをこらえるかのように、ぎゅっと目をつぶった。


その頃、リドリーと青年は宿に着いていた。

二人で宿に入ると、お目当ての人がすぐに見つかった。

顔に火傷痕(やけど)がある蔓(つる)の人。

「ルサン……！」

青年は火傷痕(やけど)がある蔓(つる)の人に駆け寄ると、その手を握った。

ルサンと呼ばれた蔓(つる)の人に驚きの表情が浮かんだ。けれど、それは恋人に再会したことへの驚きとは違う。しまったとでも言いたげな驚きであった。

蔓の人と化したルサンを見て、青年は嘆いた。

「ああ、こんな姿になって……」

だが、青年はルサンの蔓の体を抱きしめた。

「でも、いい。どんな姿でも生きていてくれたなら……」

ルサンと呼ばれた蔓は逡巡した後、青年の背に手を回した。

『私も……。あなたが来てくれて嬉しいわ』

青年の動きが止まった。「『あなた』……？」

青年は怪訝な表情をして尋ねる。

「どうしたんだ、『あなた』なんてよそよそしい呼び方。いつもは名前で呼んでくれるじゃないか」

蔓の人は黙り込んだ。

「名前を呼んでくれ。いつものように……」

だが、火傷痕がある蔓の人は何も言わない。

「やっぱりそうか」

リドリーが言った。

「知らないんだな、彼の名前を」

昼間、青年が暴れていた時のことを思い出す。蔓の人と青年のやりとりを見て、リドリーは違和感を覚えていた。

「ルサンに会わせろ」と青年は言っていた。けれど、蔓の人たちは言った。『そんな人はいない』と。ルサンと思しき人が宿にいるにもかかわらず。

疑り深い性格のリドリーは、こう思った。

——会わせると何かまずいことが蔓の人側にあるのでは？

だから、会わせてみた。蔓の人側に何か後ろめたいことがあるならば、それを明らかにしない限りは移住なんてできない。

明らかになったのは、ルサンが青年のことを覚えていないこと。

リドリーは火傷痕がある蔓の人に尋ねる。

「君は私に説明したね。この星に移住すると、蔓の人になってしまうと。それは見た目だけの話じゃなかったんじゃないか？」

蔓の人がリドリーを見た。植物らしい無感情な眼だった。

リドリーは宿の内装を見つめる。椅子も窓枠も壁。何もかもすべて蔓で出来ている。

「この星はどこに行っても蔓だらけだ」

『……それが何か』

「これは仮説だがね。この星の蔓は……食人植物なんじゃないか。それもただの食人植物じゃない。肉ではなく心を食い物にする食人植物。獲物を自分の一部である蔓にした後、心を溶かすように食べるんだ。だから、蔓の人にされた生き物に心は一切残らない」

穏やかな星だなんてとんでもない。

言うならば、星そのものが食人植物だったのだ。

「郷に入っては郷に従うと私は言ったけど、食われてもいいとは言っていない。私とワタリはこの星には住めない」

最初に蔓の人と話した時に、敵意が感じ取れれば良かったのにとリドリーは思った。そうすればすぐにでもこの星を去ることができた。だが、敵意など感じ取れるはずがなかった。

人間が果物を食べる時にいちいち敵意なんて抱かない。それと同じなのだ。

食人植物は獲物に敵意を抱かない。感情なく食すだけだ。

ルサン、いや、蔓の人は言った。

『実力行使は好きではないのですが』

途端、周囲の植物が動き出す。宿にいた他の蔓の人たちだけではない。植物で出来ている宿そのものが蔓を伸ばして、リドリーと青年を襲った。二人は抵抗を試みたが、蔓の力が思いの外に強い。青年の力を以てしても振りほどけなかった。

「ううっ……」

リドリーの抵抗は弱弱しかった。

リドリーは観察眼があって、コミュニケーション能力に秀でていて、手先が器用だ。完璧な少女に見える彼女だが、ひとつだけ致命的な弱点があった。

運動神経が絶望的に悪い。

力も非常に弱い。箸より重いものは持てないのではないかという程だ。強靭な蔓に対抗できるわけがなかった。

手足を縛られているリドリーに、蔓の人は言った。

『あなたの言う通り、私は生き物の心を食べて生きる植物。心ある人間の振りをしてあなたたちも食べようとしていたの』

青年が叫ぶ。

「嘘だ……」

ルサンだった植物に叫ぶ。

「ルサン、まだそこにいるんだろう。植物になんかなってないだろう」

食人植物はのっぺりとした声で嘲笑った。

『愚かな人。あなたの恋人の心は、私が溶かして食べてしまったというのに』

ルサンの顔で、青年を嘲笑う。

青年は手足の蔓を振りほどいて食人植物に殴りかかろうとした。だが、強靭な蔓は千切れない。諦めて項垂れるほかなかった。「くっ……うう……」

脱力して拘束されているリドリーが食人植物に尋ねる。

「最初から実力行使で私達を食べてしまってもよかったんじゃないかな？」

『恐怖心を抱いた心は、栄養価が落ちてしまうから。あくまで喜びの中、蔓の人に変わってほしかったんです』

星を訪れた旅人を歓待し、喜びのうちに心を溶かしてしまうのがこの植物のやり口だった。

蔓がリドリーの胸を撫でる。恐怖心を和らげようとしているかのようだった。

『安心して。お友達も一緒に溶かしてあげるから。今頃、他の蔓の人がワタリさんを捕まえていることでしょう。一緒にこの美しき碧い星の糧になりなさい』

全ての蔓は一つの意思の下に統一されている。目には見えない交信によって、ワタリを捕まえる指示が村中の蔓の人に飛ばされていた。

「ふふ……」

リドリーは笑った。恐怖でおかしくなってしまったのかと蔓の人は思った。

だが、違った。リドリーは嗤っている。

「私の友達を捕まえる？　植物風情が？　よかろう、やってみるがいい」

リドリーが不敵に嗤ったその時、食人植物の顔が驚愕に変わった。

『!?』

仲間との交信が断絶したのである。ワタリを捕まえるように指示した仲間との交信が……。

リドリーがにやりと笑う。勝利を確信した、不敵な笑みだった。

「そら来たぞ、私の秘密兵器が」

宿の窓が叩き割られるけたたましい音がした。

入ってきたのは、黒衣の少女である。

ワタリだった。

右手には一振りのナイフ。

ワタリは稲妻のようにリドリーの下へ駆けてくる。

『こいつ……！』

蔓がワタリを追うが、追いつけない。先回りしていた蔓がワタリを捕まえようとするがナイフで全て斬り捨てられた。天も地なく動き回るワタリは、重力から解放されているようだった。

宿にいた無数の蔓の人が襲い掛かる。

「……ふっ！」

ワタリの細い足が振り抜かれる。触れた蔓の人は壁まで蹴飛ばされて、壁にめり込んだ。すさまじい力だった。蔓の人が束になっても、ワタリに触れることすら叶わない。

『馬鹿な。小娘一人相手に……』

ワタリはリドリーと青年を絡めとっていた蔓を斬り落とす。そして片手でリドリーを抱えた。

少女一人を軽々と持ち上げて、宿の外へと向かう。

ワタリは感情表現が苦手で、コミュニケーション能力がなくて、人見知りだ。守られるだけの少女に見えるが、ひとつだけ誰にも負けない長所があった。

戦闘能力の高さだ。

今日まで数多の星を渡ってきたが、ワタリが敗北を喫したことはない。暴力が支配していたマフィアの星でもそうだった。回転扉を利用して攫われたリドリーを助けるために一人でマフィアのアジトを壊滅させたのだ。

再び蔓がワタリに迫った。ワタリはそれを迎撃するが、蔓は際限なく襲ってきてキリがなかった。悪いことに外から蔓の人の増援が次々とやってきた。そこでリドリーがワタリに指示を出す。

「燃やすんだ」

ワタリはナイフを捨てると、円形に広がったスカートの中から無骨な物体を取り出した。

火炎放射器である。

ワタリの着ているドレスには、無尽に兵器を収納してある。リドリーの科学力によって改造されたこのドレスは、三次元の法則を無視してたくさんのものをしまえるのである。

リドリーが開発した火炎放射器のトリガーが引かれた。銃口から吐き出された紅蓮が、蔓をひとまとめに燃やしていく。リドリー印の超火力であった。蔓の人は炎に舐められて、踊り狂って倒れた。

周囲の敵を焼き払い、三人は宿の外に出た。火炎放射器で燃やされた蔓の火が燃え移って、宿に火の手が上がり始めていた。

ひとまず危機は去ったと言っていいだろう。

リドリーは青年に言う。

「一緒にこの星を出ましょう。もう用はないはずです」

リドリーが小物入れを取り出す。それを開くと、馬車を模した宇宙船が飛び出した。これに乗ればこの星を出られる。

だが、青年は動かなかった。

「ルサンがこの星にいるんだ。置いてはいけない」

青年は燃え始めている宿を指差した。

「あの宿の中に……」

「アレはもうルサンさんではありません。心を溶かされた食人植物です。ルサンさんの心は残っていないんです」

「でも……！」

青年は叫んだ。涙の粒が散った。

「どんな姿になっても、ルサンはルサンなんだ」

青年は、ワタリが持つ火炎放射器を見て言った。

「それを、譲ってくれないか」

「何に……使うんです……？」

「俺の手でルサンを終わらせてやる。もう心がないなら……せめて俺が」

ワタリは動かなかった。

ワタリにリドリーのような観察眼はないが、青年がこの星で死のうとしていることくらいはわかった。

青年はワタリに向かって力強く言った。

「頼む！」

青年の眼の奥で、覚悟がきらりと光った。

涙のように美しく、悲しいきらめきだった。

リドリーがワタリに言う。

「渡してあげよう……」

ワタリはまだ迷っていた。

「本当にこの人にルサンさんを燃やさせていいの？」

迷った目で、リドリーに問う。

「ルサンにはもう心がない……。本当にそう？」

この時、二人の頭に浮かんでいたのは、教会で見た光景だった。

悪魔を燃やす神様の宗教画。それに祈りを捧げる蔓の人たち。

理由もわからず、祈っているルサンの姿。

本当に心がないのなら、あの宗教画に祈りなんて捧げるだろうか。

本当に心がないのなら、あの教会を満たしていた真摯な祈りは何なのか。

いいや、きっとルサンだけではない。

あの教会で祈りを捧げていた蔓の人、食人植物の餌食になった人々、その全員が願っていたのではないか。

悪魔を燃やす神様の降臨を。

ならば、彼らの奥底にはまだ……。

「ねえ、リドリー。もし彼らに心が残っているなら……燃やす以外の何か別の手も……」

「ないよ」

だが、リドリーは言い切った。

「ルサンの心は溶かされてしまった。だから、別の手なんてない」

リドリーは自信満々な振りをして、ワタリの手を握った。

「信じてくれ。私が一度でも嘘を吐いたことがあったかい？」

蔓の人たちの心が完全に溶かされてしまったかは、正直わからない。けれど、「わからない」なんて頼りない回答はリドリーには許されない。自分たちは二人で一つだ。戦いはワタリの仕事。行動指針を決めるのはリドリーの仕事。

ここで「彼らにはまだ心があるかもしれないね」と言うことに何の意味もない。自分たちにはルサンたちを人に戻すことはできないのだから。ならば、せめて揺らぐことない指針であろう。そうでなければ、ワタリが惑ってしまうだけだ。

だから、リドリーは自信満々な振りをして断じる。「彼らにはもう心はない」と。

リドリーの言葉にワタリは頷いた。

「信じるよ」

リドリーの言葉でワタリは動いた。ワタリはワタリでいつだってリドリーの言葉——旅の指針——を信じることにしていた。

「これを……」

火炎放射器を青年に手渡す。リドリーの改造によって無尽蔵の燃料が詰め込まれており、いくらでも火が噴ける代物だった。

「ありがとう……」

青年は深々と礼をした。そして火炎放射器を手に、蔓の人を、建物を、星を燃やし始めた。

この星の蔓は実によく燃える。ほどなく星は紅蓮に包まれるに違いない。

星を焼く青年を置いて、二人は馬車へ乗り込んだ。

機械の御者が鞭を打つ。歯車仕掛けの馬が地を蹴って、飛び立つ。籠を引いて、吸い込まれるように夜空へと昇っていく。

銀河へ向かう途中で、リドリーがぼそりと言った。

「慣れないものだね、こういう痛みには……」

星を訪れる度に出会いがあって、星を去る度に別れがある。その別れの中には痛みを伴うものも少なくない。二人はそういう経験を何度もしてきたのだが、こればかりは何度経験しても慣れることはなかった。

馬車は星からの赤い光を受けて、煌々(こうこう)と照っている。

二人が銀河へと飛び去った頃、青年は村のほとんどに火を点(つ)け終えた。

火はどんどん燃え移ってもはや収拾がつかない。

ここは星そのものが植物だ。星を焼き切るまで止まらないだろう。

青年自身も、もはや燃えるのを待つだけだった。

炎の中にいる青年に蔓(つる)の人が襲い掛かった。もはや生き残れないことを悟った食人植物の悪あがきだった。

襲い掛かってきた食人植物は、顔に火傷(やけど)の痕があった。

だが、青年は躊躇(ためら)わずに火炎放射器のトリガーを引いた。ここで躊躇(ためら)う程度の覚悟ならば、彼はこの星に残ったりしていない。

業火(ごうか)は愛(いと)しい人を焼き尽くす。

『ユルサナイ……ユルサナイ……』

青年に呪詛を吐いて、愛しい人は倒れた。

そして永遠に沈黙した。

愛しい人は燃え盛る塊に変わっていた。

青年は座り込んだ。ルサンを燃やしたら、もう立ち上がれなかった。

やるべきことはやった。こうするしかなかった。これが自分できるせめてもの手向けだ。

でも。

「許してくれ、ルサン。助けられなくて……」

自分がもっと早くこの星に着いていれば。

もう一度、彼女に会いたかった。

炎に囲まれた中、涙を零した。

泣きじゃくる青年。その体にそっと触れる手があった。

ルサンの燃え盛る手だった。炎に包まれて死んだはずのそれが、いかなる力を以てか、青年に触れてきた。その手つきはさっきまでの殺意など微塵も帯びていなかった。

青年に触れる手から、彼女の心が伝わってくるのを感じた。

——助けに来てくれて、ありがとう。それとごめんなさい。

「ああ、ルサン……」

青年はルサンの手を握りしめた。

「会えてよかった」

ルサンの手は燃えている。その手を握りしめた青年に、炎が燃え移っていく。

二人の炎が、碧（あお）の星へと広がっていく。


馬車に乗ってすぐに、ワタリは眠ってしまった。

彼女は強いが、燃費が悪かった。戦闘を行うとすぐに眠りに落ちてしまうのだ。

隣に座るリドリーに寄りかかって寝息を立てる少女。さっきまでの鬼神のような強さの少女と同一人物にはとても見えなかった。

「ふふ……」

ワタリを起こさないように、リドリーは彼女の髪を梳（す）いた。

自分を助けてくれたことへの謝意が、指使いに表れていた。それが眠っているワタリにも伝わったのだろう。ワタリは穏やかな寝顔をしていた。

馬車は銀河を駆ける。

碧（あお）い星を離れたことで、植物と化していた二人の髪は元の絹のような髪に戻った。指先に咲いていた花は散って、指も本来の肌の色に戻った。

随分と時間が経って、ワタリは目覚めた。
入れ替わるように、リドリーが眠りに落ちていた。
ワタリは何気なく車窓を見た。暗闇の世界にぽつぽつと星が浮かんでいる。
その中に、太陽のように燃え盛る星があった。
——焔の星。
自分たちが脱出してきた星だった。
ワタリは思わず呟いた。
「きれい……」
焔の星は、悪魔を裁く劫火と同じ色使いで輝いている……。

本の星

本がたくさんあった。

無数の図書館から成る星だ。他に施設はほとんどないから住むには不向きだろう。

星にある無数の図書館のうち、ひときわ古い館に二人はやってきた。

「じゃあ、私、読みたい論文があるから」

図書館に入るとリドリーはどこかへ行ってしまった。

「夕方には読み終えるからさ～」

一人残されたワタリは周囲を見回した。あたりにはものすごく背の高い本棚が林立していて、
ワタリは押しつぶされそうな威圧感を覚えた。

「はぁ……やることないな」

ワタリは手持ち無沙汰になった。

彼女は本が嫌いだ。娯楽小説すら楽しめない。文字ばっかりで読むのが大変に感じるのだ。

読み始めてもあと何ページで終わるかばかりを気にしてしまう。

「っていうか……今どき紙の本って……」

この図書館には、どうしてか紙の本がたくさん集められていた。

今どきは本なんて電子で読むのが当たり前なのに、何故この星は古いメディアに固執するのか。リドリーもどうしてか紙の本が好きだ。だから、この星に来たがっていた。

「全部電子にしちゃえば便利なのにね」とワタリはぼやいた。

ぼやいて、辺りを眺める。それくらいしかやることがない。

館内にはそこそこ人がいた。

みんな、集中して本を読んでいる。みんな、本が大好きって感じだ。

この図書館の館長と思しきおじいさんもいて、日向ぼっこをしながら古書のページを繰っていた。館長であることを示す胸の立派なバッジが陽射しにきらめいていた。

それをぼーっと見ていると、おじいさんがワタリの視線に気付いた。おじいさんはワタリに言った。

「お嬢さん、本がお嫌いなようだね」

「べっ……別にそんなことは……」

「ほっほっほっ、そう言う割には目が死んでおるよ」

ワタリの目は完全に本に興味がない者のそれだった。

おじいさんは柔らかな声で続ける。

「安心なさい。ここはお嬢さんみたいな本嫌いな人のための場所じゃ」

「本嫌いのための……？　こんなに本がたくさんあるのに……」

意味がわからない。拷問施設ということだろうか。

「羨ましいのう」と言いながら、おじいさんは読書に戻っていった。

ワタリは図書館に一人きりになった。ページを繰る音だけが聞こえてくる。

（場違いだなぁ、私）

居心地が悪い。こんなところで夕方までどうやって時間を潰せばいいんだろう。

と、その時だった。

ワタリは一人の少女が自分を見つめていることに気付いた。

八歳くらいだろうか。小柄な女の子だった。目がほとんど隠れるほどの長い髪が特徴的だった。

少女の大きな目がワタリを見つめている。あたりにたくさんある本には目もくれずワタリだけを……。

それでワタリは理解した。

（ああ、あの子も退屈しているんだな）

きっと本好きな親にでも連れてこられたのだろう。けど、難しい本など読めるはずがないから退屈しているのだ。ワタリにはその辛さがよくわかったし、なんとかしてあげたいと思った。

自分の暇を潰したいという下心もちょっとある。

ワタリは少女へ近づいて、周囲の人の迷惑にならない声量で囁いた。

「ねえ、お姉さんと遊ぼうか」

ワタリは人見知りだ。けど、子供だけは別だった。故郷の島で、子供たちの面倒をたくさん見ていたからかもしれない。

少女はワタリを見上げて、囁(ささや)くような声で言った。

「読んでほしい本があるの」

「うん。いいよ。読んであげるね」

少女はワタリの手を握ると、ささやかな力で引っ張っていった。

別の階へと向かった。

さっきまで二人がいたのは論文や哲学書などのコーナーだったが、今いるのは子供向けのコーナーだ。

児童文学に、易しい文章で書かれた小説。あとは絵本などもあった。

少女は絵本の棚にワタリを連れてくると、一冊の絵本を手に取った。

「これ、読んでほしいの」

「わかった。これだね」

二人は絵本を手に、席へ向かった。図書館は原則としてお喋(しゃべ)り禁止だが、このエリアでは声を出すことが許されている。親が子供に本を読むケースなどを想定されているからだ。

隣り合って少女と座った。その瞬間、少しの違和感を抱いた。

少女を見て思う。

（この子、八歳くらいに見えるけど……絵本の読み聞かせが必要なのかな）

八歳なら、自分で絵本くらい読めるはずなのだが……。

見かけよりも実際は幼いとか？　いや、逆に学習状況に問題があるのかもしれない。文字の読み書きを教わらずに育ってきたのかも。

少女はワタリを見上げている。「早く読んで」とでも言いたげだ。

「それじゃ、読み始めるね」

ワタリは絵本を開いて、朗読を始めた。

絵本の中身は、なんのことはない。

象の親子がいた。二匹は事故で離れ離れになってしまった。子象は親を探して歩き回る。だが、一向に親は見つからない。いよいよ諦めてしまいそうになったその時、子象の前に親象が現れる。親子は再会して大団円というよくある話。

それだけなのに。

「う……うぇぇ……おうっ……」

ワタリは泣いていた。涙があふれてしまって止まらなかった。

（どうして……こんなの……よくあるお話でしょ？　なのに、どうしてこんなに泣けちゃうの……？）

その文章が、フォントが、絵が、紙の手触りが、何もかもが絶妙な塩梅でワタリを刺激していた。

この本は自分に読まれるために生まれたのではないか、そう思ってしまうほどに。

隣の少女が微笑んで、ワタリを見ている。

「ごめ……ごめんね……。よん……読んであげないと……ひぐっ……いけなかったのに……ごめ……」

ワタリの朗読は失敗だった。途中から涙ぐんでしまって、朗読どころではなくなったのだ。

絵本を閉じ、しばらく目を閉じる。心を落ち着かせようとする。感動した心は鎮まるまでしばしの時間を要した。

泣きじゃくるワタリを少女はニヤニヤしながら見つめている。

三十分くらい経っただろうか。

「お待たせ。もう大丈夫。ねえ、お詫びにもう一冊、読ませてくれないかな。お姉ちゃん、今度はちゃんと読んでみせるからね」

少女は悪戯っぽい笑顔で頷くと、絵本の棚に消えていく。

すぐに戻ってきて、また新たな絵本をワタリに手渡した。

今度はライオンの兄弟の話だった。

「よぉし、今度はお姉ちゃん、格好いいところ見せちゃうからね」

だが十五分後。

「おおぅ……うっ……ううぅ……なんでぇ……」

またしてもワタリは号泣していた。

「わ……私は悪くないもん……。この絵本が悪いんだよ。絵本なのに……こんなに心揺さぶるから……」

隣の少女は頰づえをつき、満足そうにワタリを見つめている。

「もう一度……！　もう一度だけお姉ちゃんにチャンスをちょうだい。今度こそちゃんと読んであげるから……」

少女は頷(うなず)いて、また絵本を取りに行った。その後ろ姿は楽しそうだった。

そこからは繰り返しだった。

不思議なことに、少女が持ってくる絵本のことごとくをワタリはまともに読むことができなかった。ある本には泣き、ある本には笑い、ある本にはしみじみし、とても読み聞かせなんてできなかった。

少女の持ってくる本は、ワタリの精神を心を揺さぶる。的確に、そして絶妙に。中には今この瞬間の精神状態でなければ刺さらないような内容の本まであった。

また少女が本を持ってきたが、もう何冊目かわからない。

「もう一回だけ、もう一回だけ頑張らせて？」

「おい、ワタリ」

少女にお願いしていると、後ろからリドリーが声をかけてきた。

「そろそろいいかい。図書館を出たいんだが」

気付けば窓の外の日は沈んでいた。

「待って、リドリー。あと一冊だけ。一冊はまともに読み聞かせできないと、この子に申し訳が立たないの」

「この子？」

リドリーが怪訝そうな顔をする。

「この子って、どの子？」

「この子だよ」

ワタリはリドリーを見つめながら、自分の隣を指す。

「髪の長い女の子だよ」

「……君の隣には、誰もいないよ」

ワタリは失笑した。

「そんなわけ……」

ちらと隣を見る。そして目を剝いた。

「え……うそ……」

隣の席には誰もいない。

ワタリは立ち上がり、周囲を見渡した。だが見つからない。

本棚の間も探した。けれど、どこにもいなかった。

「そんな……ついさっきまで女の子が……」

「ワタリ、実は私はもう一時間以上前にお目当ての論文は読み終えていてね。この一時間、ずっと君のことを見ていたわけだが……」

「なら、私の隣に女の子がいたのを見たでしょう？」

「いや、ワタリはずっと一人だった。一人で絵本を読んで、泣いたり笑ったりして、そして別の絵本を取りに行っていた。その繰り返しだったよ。あまりに絵本に夢中になっていたから邪魔できなかった」

「あ……ありえない……」

じゃあ、なんだ。

さっきの女の子は、幽霊だったとでも言うのか。

戸惑うワタリに声をかける者があった。

「お嬢さん、出会ったようですな」

話しかけてきたのは、おじいさんだ。館長のおじいさん。

「出会ったって……何にですか？」

「本の精霊に、ですよ」

館長は遠い目をした。

「懐かしい。あの子のおかげで、今の私があるのです」

本の精霊との思い出は、館長にとって楽しいものらしい。

「ひねくれ者の精霊でしてね、本嫌いな人が好きなのです。本嫌いを見つけると、その人が絶対に気に入る本を読ませて、からかうのですよ。私も幼い時にあの子と出会いました。それで、私の世界は広がったのです。ああ、世界にはこんなに面白い本があるのかと」

それはついさっきワタリが思っていたことと同じだった。

ワタリは本が嫌いだった。字を読むのが苦手なのだ。だから、読書という言葉を聞くだけでげっそりした。

でもあの絵本は違った。朗読して気付いた。ああ、そうなのか。本っていろんな本があるんだなと。絵本なんて子供だましと思って本だと思っていなかったけれど……読んでみたらこんなに面白い。立派な本だ。ああいう本ならたくさん読みたいと思う。

ワタリはしみじみと呟く。

「不思議な話……。こんな風に本を好きになることがあるんですね……」

「ええ、昔はそう珍しいことじゃありませんでした。紙の本が主流だったから、精霊と人の距離が近かったのですよ。彼らとの交わりが、知の世界を広げてくれました。けれど……今はどうだか。電子の本が主流ですから、さすがの精霊も手出しができないでしょう」

館長の言葉にワタリはハッとした。何故(なぜ)ここにこんなにも紙の本があるのか。

「この星が旧世代の記録媒体を扱っているのは、精霊のためなのです。全ての本が電子に変わったら、本の精霊は消えてしまう気がしていてね。精霊に恩を感じている人々が、彼女の居場所を守るために本を集めているのがこの星なのです。だから、今日……まだ彼女がここにいるのがわかって本当に良かった」

おじいさんは遠くて、優しい目をしていた。

それを見て、ワタリはなんとなく思った。

（もしかしたら、おじいさんの初恋は精霊だったのかもしれない）

根拠なんてない。あんまりに優しい目をしていたからそう思っただけ。

おじいさんは優しい目のまま、ワタリが手にしている象の絵本を見て、言った。

「どうぞ、お持ちください。精霊もそれを望んでおりましょう」

ワタリは本を胸の前で抱きしめて言った。

「……大事にします」

ワタリは絵本を抱え、リドリーと一緒に図書館を出た。

「ねえ、リドリー」

「うん？」

「リドリーはたくさん本を持ってるよね」

「まあね」

「私でも読める本、あるかな」

「珍しいな、ワタリが。本に興味あるんだ？」

「うん。少しだけね」

「貸すのは構わないが……紙の本でもいいか？　折角なら紙の本で読んでほしいんだ」

「うん、紙がいいと思ってたところ」

「じゃあ、見繕っておく」

それまでは貰った絵本を読んでいようとワタリは思った。

絵本を開く。その時、精霊の声が蘇った。

──読んでほしい本があるの。

「ああ、そういうことだったんだ」

やっとその言葉の意味がわかった。

あれは読み聞かせてほしい本があるという意味じゃない。

──あなたに読んでほしい本があるの。

きっとそういう意味だった。

ワタリは精霊との出会いに、そして自分たちを繋(つな)いでくれた本に感謝した。

悪の星

「誰かいませんか？」

ワタリとリドリーが降り立った星には、一面に廃墟が広がっていた。

打ち砕かれた建物、崩れそうな廃屋。舗装の砕けた道の上には瓦礫が積み上げられており、その周囲には折れた刀剣、壊れた銃が転がっている。あちこちに散らばる骨はこの星の人間のものだろうか。

「戦闘があったみたいだな」とリドリーが呟いた。

「でも、昨日今日のことじゃないね」とワタリが答えた。

「建物の朽ち具合や、武器の劣化ぶりを見るに、争いがあったのは少なくとも一年くらい前かな」

「一体何と戦ったんだろう」

二人は民家だったと思われる廃墟の中に入った。何があったのか知りたかった。

だが、その民家の中にも人はいなかった。

「どうせ誰もいないなら火事場泥棒でもしていこうか。宝石とか残ってるかもしれないし」

言って、リドリーはニヤニヤしながら家探しを始めた。

「リドリー……。いやらしいよ……」

そう言いながらもワタリも家屋を物色し始めた。ただそれは宝石を求めてではない。例えば缶詰のような、保存のきく食べ物が残っていればそれは頂いていこうとワタリは思ったのだった。

捜索を始めて十分後、

「ん？」

ワタリが机の下に何かが落ちているのを見つけた。

「リドリー、これ……」

呼ばれたリドリーがワタリの下へ向かう。

ワタリが拾い上げたそれは一冊の本だった。薄く埃(ほこり)を被(かぶ)っている表紙には、筆記体の英語で文字が書かれている。

本を見つめたリドリーが訝(いぶか)しむ。

「英語……？　銀河共通語でなく英語をこんなところで見かけるとは……」

ワタリがリドリーに尋ねる。

「読める？」

「任せたまえ」

リドリーが目を通す。

「手記みたいなものかな」

これを読めば、この星で何が起きたかわかるかもしれない。

リドリーは手記の記述を読み上げ始めた。

ついに我々は辿り着いた。

争いの果てに死の星になった地球を捨て、はるばる宇宙を巡った。我々の生存に適した星はなかなか見つからず、途中、何度も心折れそうになった。けれど、やり遂げたのだ。

ここは、我らの安住の星。

環境は美しかった頃の地球によく似ている。

大気を構成する成分、温度、湿度なども地球人にとって適切だ。動物、植物、昆虫は生息しているが、人間に比類するような知的生命体の存在は見受けられない。が、却って好都合だろう。この星で私達地球人がヒエラルキーの頂点に君臨できるということなのだから。

尤もヒエラルキーの頂点に君臨できるからと言って、この星を我が物顔で征服するつもりはない。我々は今度こそ星と共存していくつもりだ。同じ轍は踏まない。

我々はこの星に家屋を立て始めた。乗員二千人が作業に当たる。その全員の表情が喜びに満ちているように見えたのは、決して私の見間違いではない。生きていくだけならば宇宙船でもできる。船内には飲食物を自給自足できるシステムが搭載されているからだ。だが、そんな生活は誰一人として望んでいなかった。

みな、自分が住めるところを……家を求めていた。

この感覚は、母星を失ったものにしかわかるまい。探し求めていた『家』を見つけたのだから、みなが喜ぶのは当然だった。

誰もが誠心誠意働いた。大変だったが、楽しかった。眩(まぶ)しいほどの未来が目の前にあったからだ。

移住のための作業を始めて一か月後には、ひとつの町ができていた。荒地を農地に変える機械や、建物を建築する機械を宇宙船に搭載しておいて本当に良かった。搭載に際して「無駄になる恐れがある」と副船長は反対したのだが、船長である私が強権を発動して載せたものだった。あれらがなければもっと移住に時間がかかっていただろう。

完成した町で我々は満ち足りた日々を過ごした。もはや将来に漠然とした不安を抱えながらあてどなく宇宙を彷徨(さまよ)うこともない。闇を行くような旅をすることは、もう。我々はしっかりと地に足をつけて、生きていく。地球での暮らしを取り戻そうとする私達は輝いていた。

だが、そんな日々は長く続かなかった。

雲行きが怪しくなったのは、移住から半年が経(た)った頃。

平和に暮らす我々の前に、そいつはどこからともなく現れた。霧のように。

蝙蝠(こうもり)のような翼、長槍(ながやり)のような尻尾、山羊(やぎ)のような一対の角。

身の丈は人間と同じくらい。

何より、醜い顔をしていた。

その姿を見た時、誰もが思っただろう。

悪魔だと。

私もそう思った。だが、我々は二十二世紀の科学世界を生きた地球人。そんな迷信深い存在を信じてはいない。

これは現地の星人(せいじん)だろうと判断した。

悪魔のような風貌の星人が私達に話しかけてきた。彼は我々の言語を使えた。

「私の星へようこそ、地球人」

言葉使いこそ丁寧だが、口調は明らかに我々を見下している調子だった。けれど、私はそれに怒ることなく誠意を込めた言葉を返した。

「歓迎してくださり、ありがとうございます」

私は、いや、我々はこの星と共存していくつもりなのだ。現地の星人と無用な争いは起こさない。

「この星に知的生命体がいるかどうかはしっかり捜査をしたつもりでしたが……見落としていたようです。非礼をお許しください。そして……厚かましいようですが、この星に住まわせてください。あなたにご迷惑はかけません」

「この星に住みたいのか、お前たちは」

「はい」

「ならば条件がある」

「なんでしょう。できる限り応えさせてもらいます」

「死ね」

私は言葉を失った。

「すでに勘付いているだろうが、俺は悪魔だ。暴力と死が好きなのだ。お前たちのそれを見せてくれ。そうしたら屍としてこの星に住まわせてやる」

「そんな無茶苦茶な……」

「できないというなら、俺が手ずからお前たちを滅ぼすぞ。戦いの果てに皆殺しだ」

私が言葉に詰まっているとバチィという音が響き渡った。

副船長が光線銃で悪魔を撃ったのだ。

「副船長！」

悪魔は黒焦げになって倒れた。

「なんてことを……。現地民と無用な争いを起こすな」

「船長、これは有用な争いです。あの悪魔は我々を殺そうとしていたのですよ。ならば殺される前に殺すべきです」

この副船長は血の気が多い男だった。これまでの惑星周遊でも、敵対する現地民を殺すことがあった。私はそれを諌めていたが、この副船長のおかげで助かることもあったから強く怒ることはできなかった。

それに……。

いや……言うまい。

「う……ぐ……」

地に倒れた悪魔が呻く。まだ生きていた。

「貴様……よくも……」

「しぶといな」

副船長が再び銃の引き金を引いた。稲妻のような光線が再び悪魔を焼いた。悪魔の甲高い絶叫が響き渡った。

だが、それでも悪魔は死なない。副船長が何度も撃った。何度も何度も光線が辺りを照らした。

けれど、死なない。

「はは、こいつ。死ね。死にやがれ」

副船長は笑いながら悪魔を撃った。彼には嗜虐嗜好があるように見えた。

「もうやめろ」

私は副船長の銃を握って、制した。

「これ以上撃っても無駄だ。……死なないらしい」

少なくとも十回はエネルギー波を浴びたのに。悪魔はまだ生きていた。不死身なのだろうと直感した。

「ぐ……うう……」

暴力は好きではない。だが、振るってしまったものは仕方ない。私はこの機会を利用することにして、悪魔に言う。

「我々には武器があります。我々に害を為(な)すというなら、不本意ながら我々も抵抗します。今、してみせたように。だから、もう我々に悪意は向けないでください。我々もあなたとは関わりを持たないようにしますから」

「く、くくく……」

何がおかしいのか、悪魔は地に伏したまま笑った。

「悪意を向けるなだと。おかしなことを。俺は悪魔だぞ」

悪魔は醜悪に笑った。こうも見苦しいものを私は生まれて初めて見た。

「俺の望みは暴力と死。それが俺の存在意義。必ずお前らを皆殺しにしてやるぞ」

そこで副船長が言った。

「船長、こいつ口だけですよ。『皆殺しだ』なんて格好いいこと言うからどれだけ強いのかと思ったけど……武器を持っているわけでも肉体が強靭なわけでも、黒魔術を使うわけでもない。まあ、不死身ってとこだけ厄介と言えば厄介ですが。でも、それだけです」

「ああ、そのようだ。だが、人間並みの戦闘能力はあるだろう。野放しにしておけば家畜や女子供が被害を受けるかもしれない。独房に放り込んでおこう」

こうして悪魔は独房に放り込まれた。それで我々の平和な暮らしが戻ってきた。悪魔を攻撃したことで呪いに見舞われるようなこともなかった。

副船長は悪魔のことを気にかけていたらしい。これは後になって聞いたことだが、こんなやりとりを悪魔としたそうだ。

ある日、彼は独房の中の悪魔にこう言った。

「お前は寂しいやつだな。捕まったというのに、誰も助けに来ないじゃないか。仲間がいないのか」

悪魔は高笑いした。

「仲間などいらぬ。お前たちを皆殺しにするのには、俺一人で十分すぎるくらいなのだからな」

「なんだと貴様」

副船長は警棒を持つと、悪魔のいる牢に入った。それで思い切り、何度も何度も悪魔を打ち据えた。悪魔は悲鳴を上げてのたうち回った。反撃はしなかった。

光線銃ではなく警棒で攻撃したのは、その方が手応えがあって楽しいからだと言っていた。

「あはは、反撃してみろよ悪魔なら」

悪魔の醜い顔は副船長の嗜虐心を掻き立てた。その顔は見ているだけで胸がむかむかしてくるのだ。だから、悪魔の顔が苦痛に歪むと気分が良くなった。

副船長は気が済むまで悪魔をボコボコにしてから牢を出た。

その時の彼はすごく爽やかな気分だったという。

悪魔が現れたのとほとんど時を同じくして、町で問題が起き始めた。

尤もそれは悪魔によるものではない。人が集まって生きていれば当然発生する問題だった。例えば土地の配分について隣の家の土地が自分の家より少し多いだとか、収穫した果物の配分が不公平だとか、果ては好きな子に振られただとか。そういう小さな争いだ。

私は船長兼町長だったが、それらの問題にはあまり取り合わなかった。他に取り組むべき問題は山ほどあって、小さなことまで面倒を見ていられない。人々の間にはストレスが溜まり、時には暴力事件が起こることもあったが、あくまで自然に解決されるのを待った。

そんな中、副船長が動いたのは彼なりに町のことを考えてのことだったのかもしれない。

彼は不平不満を抱いている人たちにこっそり耳打ちしたという。

「いいストレス発散法があるんだよ」

彼は人々を悪魔の囚われている地下牢へと案内した。そして、人々に警棒を握らせて言った。

「あの悪魔をぶん殴ると不思議とスッとするぜ」

警棒を握らされた人々は戸惑った。

「いや……でもそんな酷いことは……」

「知ってるだろう。そいつは悪いヤツだからいくら殴ってもいいんだぜ。だって、俺たち人間を皆殺しにするとのたまっているんだぞ」

檻の中の悪魔が嗤った。

「くく、そうだ。俺はお前たちを必ず殺す」

それを聞いて、動く者があった。警棒を握った主婦だった。彼女は自分のことを放っておいて仕事に精を出している夫に苛ついていた。

彼女は檻に入ると警棒で悪魔を殴った。

「ぎゃ！」

悪魔の悲鳴が響いた。それは聞いた者がスカッとする悲鳴だった。

主婦が興奮しながら言った。

「これ、楽しいわ！」

主婦は喜んで、また警棒を振り下ろした。

「この！　憎らしい顔をして！　この！」

肉を打つ音が響き渡る。

一人がその行為を始めたことで、周りの人間たちの罪悪感はあっという間に薄れていった。

主婦が楽しそうだったということもあるだろう。

「俺にもやらせてくれ」「俺も俺も！」「警棒を貸せ！」

次々に檻の中に人が入っていく。そして暴力が巻き起こる。

一時間すると、全員が晴れやかな表情になって地下牢を去った。後にはボロボロになった悪魔が残された。

彼らはみな、それまでのストレスから解放されていたという。

私は町長でありながら、最初のうちは地下牢でこういう残虐な行為が行われていることを知らなかった。気付いた時には、それは一つの流行となっていた。

私は迷った。

無論、人道の観点から言えば止めるべきなのだ。だが、そんな綺麗ごとを言えない事情もあった。悪魔を殴った人々は確かにしばらくの間は不平不満を言わなくなるのだ。住民同士が傷つけ合う暴力事件の数も目に見えて減っていた。余程暴力が気持ちいいものと思われる。私は町長であるから、公務がたくさんある。町人の細やかな不平不満に対応する余裕などない。

それに、当然ながら私もあの悪魔に好感情を抱いてなどいない。地下牢で虐げられ涙を流しているというなら間違いなく助けに向かっただろうが、ヤツは殴られながらも我々人間を口汚く罵っているのだという。

町の利益を捨ててまで、何故そんなやつを助けなくてはならないのか。

結局、私は割り切ることにした。町人に悪魔を殴らせるのを黙認する。どうせ死なないのだ。ある意味において資源の有効活用と言えよう。

事実、町の統治は実に順調に進んだ。町人同士の諍いが起こらなくなり、私達の町は理想郷へと近づいていった。

代わりに地下の独房へと足を運ぶ人は増えていった。

ある夜、公務を終えた私が副船長と共に酒を飲み歩いていると、たまたま地下牢のある建物の前を通りかかった。

私はぎょっとした。建物の前に最後尾が見えないほどの長蛇の列ができていたからだ。

副船長は私に言った。

「最近はずっとこうですよ。昼も夜も関係ない」

誰もがストレスを抱えていて、それを悪魔で発散していた。悪魔を殴らなかった人間は、ともすると私だけだったのかもしれない。

何十メートル……いや、ともすれば百メートルと続く列を見て、私は呟いた。

「歪(ゆが)んでいる……」

うまく言葉にできないが、暴力を黙認したことは過(あやま)ちだった気がしてきた。

だが、同行していた副船長が私に言った。

「歪(ゆが)んでなどいませんよ。元来、人間には暴力的な衝動があるんです。動物の本能です。弱いヤツや悪いヤツをぶちのめすとすっきりするでしょう？」

「……私はしない」

「普通はするんです。だから、この列の連中は歪(ゆが)んでなんかいないんです。本能的な欲求を発散しているだけなんですから」

話す副船長は楽しげだ。

「あの悪魔でストレスを発散できるから、この町では一切の暴力が起こってない。ことによっては、アレは悪魔じゃなくて天使かも知れませんよ」

だとすれば、私達は神の使いを蹂躙(じゅうりん)していることになる。

悪魔を捕まえて一年が過ぎた頃、それが起きた。

副船長が血相を変えて私の部屋に飛び込んできて、言った。

「悪魔が消えました！」

いつものように副船長が悪魔を殴っていると、突然姿が消えたらしい。霧のように。

私は言った。

「まあ、現れたのも突然だったしな。消えるのも突然なんだろう。そんなにおかしいことじゃない……」

私は内心、安堵していた。これでもう、あのおぞましい列を見ることはなくなるだろう。悪魔への暴力は必要なことと理解していても気持ちのいいものじゃなかった。

「これで人々の歪みも消え……」

「そんな悠長なこと言ってる場合じゃないですよ！」

どがんという爆音が階下から響いた。建物が大きく揺れる。私達がいるのは三階だったから揺れは酷かった。

副船長が叫んだ。

「砲撃だ！」

「砲撃⁉　悪魔の逆襲か？」

今日まで虐げられた悪魔が報復にやってきたのかと私は思ったのだ。

「違いますよ！　窓の外を見てください！」

私は窓に駆け寄る。見下ろすと、たくさんの町人が武器を手に結集するところだった。

「悪魔を出せ！」「悪魔を返せ！」

暴動が起きていた。

彼らは手に手に武器を持ち、私達のいる庁舎の扉を破壊しようとしていた。

「そんな馬鹿な……」

私は呻いた。悪魔の消失で行き場を失った暴力衝動が、我々に向けられているらしい。

私はすぐに動こうと思った。部屋の外へ向かおうとする腕を副船長が掴んだ。

「どこへ行くつもりですか」

「外だ。民衆を宥めてくる」

「船長、あなたは何もわかってない」

副船長は私を掴む手に一層力を込めた。

「あの民衆は爆弾です。悪魔で発散できなくなったストレスを誰かに……誰でもいいからぶつけたくて仕方ない。暴力を振るいたいんです。表に出たら殺されますよ」

そんなわけあるかと私は思った。

「私達は人間で、地球人だ。獣とは違う」

本能的な暴力衝動に支配されたりはしないと信じている。

「いいえ、人間で、地球人だから、獣なんです」

副船長は小さな声で言った。

「みんながみんな、船長みたいに良識があるわけじゃないんですよ……」

私は自分のことを良識があると思っているわけではないが、冷静に考えてみると副船長の言葉には一理あった。

窓から民衆を見下ろす。彼らの興奮ぶりはすでに宥(なだ)めてどうにかなる状態にはないように見えたのだ。

私は副船長に尋ねた。

「なら……どうしたらいい？」

「これしかありません」

副船長は光線銃を引き抜いた。

「戦いましょう」

副船長の目にも獣的本能の光がぎらついていた。

それから戦いの日々が始まった。

獣と化した人間はもう歯止めが利(き)かなかった。いや、初めから……副船長の言うように初めから人間は獣だったのだ。何度か武器ではなく言葉を交わす機会もあったが、獣に言葉は届かなかった。悪魔を殴った人々は、理性というブレーキを失っていた。苛立(いらだ)ちやストレスを我慢することなど今更できなかったし、敵を打ちのめす快感の虜(とりこ)でもあった。

度重なる戦闘で人間は数を減らしていった。

人間同士の争いが始まって一年で、当初は二千人もいた地球人はほとんど全滅した。

　この星で生きている人間は、もはや片手で数えられるほどしかいない。私のことを最後まで守ろうとしてくれた副船長も、ついさっきここを襲ってきた男と相討ちになって死んでしまった。

　私は一人、悪魔の言葉を思い出す。

「俺の望みは暴力と死。それが俺の存在意義。必ずお前らを皆殺しにしてやるぞ」

　全てヤツの言うとおりになっていた。この星には死と暴力が溢れてしまった。悪魔と人間の抗争ならまだしも、よりにもよって人間同士の戦いによって……。これほどの屈辱は初めてだ。だが、認めねばなるまい。我々を皆殺しにするのにはあの悪魔一匹で十分だったようだ。あの悪魔は大人しく殴られることで、私達人間が普遍的に持つ悪魔性を呼び起こしたのだ。悪魔の名に恥じぬ、実に狡猾な手段だった……。

　今、私の中には猛烈な憎悪がある。

　ここまでの旅の辛苦、そして仲間を殺された恨み、ここで全滅する悔しさ。それが私の中でどす黒い炎となって渦巻いている。

　何でもいい。誰でもいい。八つ当たりして殺してやりたい気分だ。

　今、扉の外で足音がする。殺す相手を探している人間だろう。私の足元には副船長の銃がある。エネルギーはまだ残っている。これを拾って、外の相手を殺せば気が晴れるだろう。

　けれど、私は絶対にそれをしない。

私の中に暴力への欲求や悪魔性がないということではない。その証拠に……初めて悪魔が現れた時、私からの友好の申し出を蔑ろにした悪魔が副船長に撃たれた時、私はこう思ったのだ。

ざまあみろと。

心の中で悪魔を嗤ったのだ。

副船長は私を良識があると言ったが、それは違う。私はみなと同じだ。ただ行動に移さなかっただけで。気に入らないやつは痛い目に遭ってしまえという気持ちは存在する。

悪魔は、誰の中にもいる。

だから私は己の中の悪魔に抗おう。じきにこの扉を打ち破って人が入ってくる。その人物は私を殺すだろうが、私は決して暴力を振るわない。笑顔で殺されてみせよう。もう一度悪魔を嗤うのだ。

ざまあみろと。

悪魔よ、知るがいい。この銀河にはお前にも穢せないものがあることを。

我々は悪魔を宿す獣だ。だが、地球じ

手記はここで途切れていた。続きはどす黒い染みで汚されている。

読み終えたリドリーはその手記をカバンの中にしまった。

宝石を扱うような丁重な手つきだった。

ワタリが尋ねた。

「どうするの、それを……」

「連れていってやろう。地球人が本当に安住できる場所に」

安住の星を見つける理由。それを一つ増やして、二人はその星を出た。

環の星

　その星はよく注意しないと見落としてしまうほどに目立たなかった。

　小惑星帯の中にある小さな星に過ぎなかったので、リドリーの探知機がなければ間違いなく素通りしていただろう。

「探知機によれば、かなり自然豊かな星らしい」

　リドリーらを乗せた馬車が、星へ降りていく。

　降り立った場所は、山の中だった。

　馬車から出たワタリが感嘆の溜息を吐いた。

「わぁ……」

　確かに自然は豊かで、空気がおいしい。けれどワタリの心を掴んだのはそこではない。

「狼がいるよ」

　山中にある洞穴から犬のような動物が出てきて、ワタリたちをおずおず見ていた。

　狼たちは頭を低くしている。襲ってくる気配はなく、くぅくぅと鳴いていた。

「この様子では、銀河共通言語も通じまい」

　狼たちは何かに怯えているようだった。

突如、一匹の狼が遠吠えをあげる。

それに呼応するように、狼たちが蜘蛛の子を散らすように逃げ出した。

「何事⁉」

戸惑うワタリにリドリーが説明する。

「様子からして……おそらくは狼の天敵が来たんだろう」

ワタリがリドリーの腕を摑んで引き寄せる。

「離れないで」

狼の天敵。どんな恐ろしい獣が現れるかわからない。

だが、何がやってきてもリドリーを守るという決意がワタリにはあった。

目の前の茂みがガサガサと揺れた。

ワタリは緊張して生唾を飲んだ。

狼が恐れた何かがやってくる。

「……！」

やってくる何者かに怯えて、思わずリドリーはワタリの服の裾をぎゅっと握った。

が。

「ぶひ」

現れたのは、豚だった。

豚の群れ。

「あら……」

目の前の和やかな光景に、ワタリもリドリーも脱力する。

「ぶひ！」

豚の群れにはリーダーがいて、仲間に指示を出しているようだった。

豚は駆け出して、狼たちを探し始める。明らかに狩りを行っていた。

「珍しい」

リドリーが興味深そうに言う。

「この星では、豚が狼を狩るんだね」

「狼がかわいそう」

ワタリは犬派だ。

「仕方ない。この星では豚の方が狼より強いんだろう」

ワタリがリドリーのことをちらりと見た。その眼には少しの悲しみがあった。

「どうにもできないよね……？」

「できないことはないよ。私は天才だからね。例えば狼にマシンガンを搭載する改造を施せるよ。本気を出せば、その狼の子供たちにマシンガンの機構を遺伝させることすら可能だ。そうすれば、哀れな狼も豚に抗うことができるようになるね。でも……」

「やらないでね」

ワタリのその言葉で、リドリーは嬉しそうに笑った。

「なんだ。わかってるじゃないか」

できるけど、してはいけない。

リドリーの科学力は、明らかにこの星の進化のレベルに対して過剰だ。

ちょっと手を加えただけで、取り返しのつかない変化を及ぼしてしまうかもしれない。

「豚が狼を食べる。それがこの星の自然の在り方なんだよね」

「そうさ。自然の決まりに横やりを入れちゃいけないよ」

二人の故郷、地球は強力な武器によって自然が汚染され、死の星となった。

だから、自然の大切さを二人はよくわかっているのだ。

人が自然を侵してはいけないこと、身に染みて理解している。

リドリーはワタリの頭を撫でた。

「ワタリが分別のある子で私は嬉しいぞ」

狼の境遇を悲しんでいたワタリだったが、リドリーに撫でられて少しだけ嬉しそうにした。

けれど、そこでリドリーはふと思った。

（……？　そういえば……どうして私はあの生き物を豚だと思ったんだろう）

この森の生態系は地球のそれに似ている。

そんな森で豚のような生き物を見かけたらまずこう思うのではないか。

アレはイノシシだ、と。

少し考えて、気付く。

（ああ、牙がないからだ）

あの豚のような生き物にはイノシシに特徴的な牙がなかった。だから、豚だと思ったのだ。

（でも、牙もなしにどうやって狩りを行うんだろう）

もしかすると、牙より強い武器を持っているために牙は退化したのかもしれない。

ちょうどその時、一匹の豚が狼を追い詰めていた。

この後、狼は豚に食われるのだろう。この星独自の食物連鎖に従って。

（さて、どんな独自進化による狩りを見せてくれるのか）

リドリーは好奇の光を目に宿して、豚を見守る。

「ぶひ！」

豚の『狩り』が始まって、二人の少女は言葉を失った。

豚の背中に縦長の切れ目が入ったのだ。

ウイーンという音と共に、切れ目が開いていく。

豚の背中には長方形に穴が空いた。

そこからまたウイーンという音を立てながら出てきたのは、明らかに猟銃だった。

バァン！

散弾が炸裂した。狼は死んだ。

ウイーンという音を立てながら、猟銃が豚の背中に格納されていく。

ウイーンという音と共に、豚の背中が閉じられた。

死肉をがつがつと喰い始める豚を、リドリーとワタリは茫然として眺めていた。

話の星

その星にはテールという男がいた。

テールは長閑な村に住んでいた。彼は地球からの移民だったが、幸いにしてこの星の人々に受け入れられていた。現地で妻を迎えることもでき、慎ましくも幸せな生活を送っていた。

この村の風景が好きだ。村の人たちの気質は穏和だった。草原で昼寝をしている者をよく見かける。ハプニングと言えばたまに家畜が脱走することくらいのものだ。

「本当に平和になった」とテールはしみじみと思う。

夕暮れ時、畑仕事を終えたテールが庭のベンチで休憩を取っていると二人の少女がやってきた。テールは彼女らが自分と同じ地球人だと気付いた。身なりからしておそらく旅人であることも。

二人の少女が興味深そうに自分のことを覗き込んできている。この広い銀河で同じ地球人に出くわしたことに驚いているのだろうとテールは思った。

「やあ、旅人さん」

テールは二人の少女に声をかけた。久しぶりに地球人と話がしたかったのだ。

二人の少女のうち、黒髪の少女は縮こまっていた。あまり人と話すのは得意ではないのだろうなとテールは思った。

代わりに目鼻立ちが整ったもう一方の少女が受け答えをした。その少女はテールに声をかけられて戸惑っていた。

「え……まさか私達に話しかけてきてます……？」

「君たち以外に誰かいるかい？」

テールは笑う。周囲には他に人はいなかった。

目鼻立ちが整った少女が戸惑いつつも尋ねてくる。

「話しかけてくるとは思ってなくて驚きましたが……。あなたはこの星の住人ですか？　この星にはあなたのような方がたくさん住んでいるのですか？」

「いや、俺みたいなのはいないな。俺は地球人だから」

「ち、地球人……？」

「なあ、よかったら少し話をしないか？　地球人と会ったのは久しぶりなんだ。仲間意識ってやつを感じてしまってね」

「……私も地球人に対しては仲間意識を感じています。地球が死の星になって以来」

「散り散りになって初めて、同種族の大切さがわかったよね。察するに君たちは移住先を探しているのかな？」

「ご明察です。もしよろしければこの星のことを聞かせてくれませんか」

言って、少女はリドリーと名乗った。もう一方の少女はワタリというらしい。

だが、そこでワタリという少女がリドリーに言った。

「……リドリー、話なんて聞かなくていいよ。もう行こうよ」

その言葉にリドリーは少し驚いてワタリを見た。

「話を聞くくらいいいじゃないか」

「よくないよ。さっさとここから離れたいの」

「少しだけだ。頼むよ」

「……本当に少しだけだよ」

ワタリは渋々といった様子で引き下がった。リドリーはテールに苦笑して謝る。

「相方が失礼を……。この子は人見知りなんです」

「はは、そうだろうと思っていたよ」

「普段はいい子なんです。失礼なことは言わないんですよ」

「大丈夫。全然気にしていないからね。それよりも……この星の話だったね。いい星だよ。住むにここ以上のところはないと思う」

ただし、とテールは付け加えた。

「昔は酷かったけどね」

「昔は……？　何があったんです？」

テールは遠い目をして、過去に思いを馳せながら言った。

「魔王が棲んでいたんだ」

「魔王？」

「この星の主みたいなものだな。……恐ろしい魔王だった。本の魔王、とでも言うべきかな。生き物を本に変えてしまうんだよ。娯楽として消費するためにね」

「あっ、そういうことか！」

リドリーは合点がいったというような顔をした。

「何がそういうことなんだい？」

「あ……いえ……」

リドリーは複雑な表情でテールを見つめて、言葉を続けた。

「なんでもありません。それよりも……すごい能力の魔王ですね。人を本に変えるなんて。でも……なんだかわかる気もします。人生はしばしば一冊の本に喩えられますし、娯楽にするにはうってつけでしょうね」

「本に変えられる側からしたらたまったもんじゃないけどね。俺がこの星に着いた時、村の人々は怯えていた。いつ魔王がこの村にやってきて、自分たちを本に変えるかわからないからだ。けれど、この星の人々の武力では、魔王に太刀打ちできなかった」

テールは空を仰ぎ見て、昔を思い出した。

「俺がこの星に着いた時にはね。聳え立つように大きな本棚がたくさんあって、そこに本に変えられた人々が収納されていたんだ。時々空から魔王の手が伸びてきて、本を抜き去っていく」

「恐ろしい話……」とリドリーが呟く。

「ねえ……」

リドリーの背後で、ワタリがリドリーの服の裾を引っ張っていた。

「……もう行こうよ」と怯えた声で相方に囁いていた。

小刻みに震えているワタリを見て、テールは思う。

(何をそんなに怯えているんだろう。人見知りにしても度が過ぎている気がするが)

もしかすると自分は少女を怯えさせるほどに怖い顔をしているのだろうか。そうだとしたらかなりショックだが……。

だが、テールは遅れて理解した。

(ああ、そういうことか)

どうしてワタリがこんなに怯えているのかわかったのだ。

「あはは、そんなに怖がらなくていいんだよ。魔王はもういない。俺が倒したからね」

テールのその台詞にリドリーは驚く。

「えっ、そうなんですか？　とてもそのようには……」

「本当だとも」

テールは指にはめている黒い指輪を見せた。

「これは魔王がしていた指輪だ。戦利品として取っておいてある」

リドリーは指輪を胡散臭そうに眺めてから言った。

「失礼ながら私にはそれが証拠になるとは思えないのですが……」

言われてみればそうだ。自分は魔王を倒したからこの指輪が魔王のものと知っているが、旅の少女にはただの黒い指輪にしか見えまい。

「リドリー……！　いい加減に行こうよ」

ワタリは一層強くリドリーの服を引っ張った。

そしてリドリーに耳打ちする。

「この人が魔王を倒しているわけないよ。聞くまでもないのに」

「ど、どうしたんだいワタリ」

リドリーは耳打ちを返す。二人は秘密の会話を始めた。

「いつもはそんな酷いこと言わないじゃないか。それに、一応話を聞いてみないことには……」

「リドリーにはわからなくても私にはわかるんだよ。さっきからずっと感じているの……」

「魔王が倒されていないというなら、なおのことこの人を放っておけないじゃないか。ちゃんと状況を把握して……できることはしてあげないと」

「リドリーは……優しいね」

「ははっ、いつもと逆だな……」

それで秘密の会話は終わった。

「魔王を倒したというお話を聞かせてもらえませんか。私はあなたの先ほどの台詞を信じたいと思っているんです。が……相方が何やら焦っているので要点だけ聞かせてもらえれば」

「要点だけ、か。残念だな。魔王を倒す道のりは波乱万丈だったから、楽しい話ができるんだけどね」

「それこそ一冊の本になるような、ですか？」

「ははは、うまいことを言う。その通りだが、今は手短に済まそう。この星に降り立った時、俺は魔王の横暴に心を痛めた。不思議なことにね、正義感ってやつが沸き上がってきたんだ。それまでそんなことはなかったから戸惑ったよ。俺は地球の科学力を武器に、魔王を倒す決意をしたんだ」

「魔王相手に無謀なお話ですねぇ……」

「無謀なんかじゃなかったさ。一人では無理だったかもしれないけど、旅の途中で仲間に恵まれたからね。みんなで苦楽を共にし、絆を深めて、ついには魔王を倒したんだ」

「……………」

「信じてないって顔だな。そうだ、指輪よりも村の人の顔を見てみなよ。誰も怯えてないだろう。それこそがこの星から魔王がいなくなった何よりの証拠なのさ」

「……あなたはそれでいいんですか？」

「うん？」

「魔王を倒して、村で長閑に暮らす日々……。それで……その、納得していますか」

「なんだか、歯切れの悪い尋ね方だね。言いたいことがあるならはっきり言ってくれていいんだよ」

「そうするかは、あなたの回答によって決めたいと思います」

「そうかい。なら、答えよう。俺は納得しているよ。これ以上なくね。だから、君たちにもこの星に住むことを勧められる」

「そうですか。納得されているのなら……言いたいことをはっきり言うのはやめようと思います」

リドリーの背後でワタリがいよいよ恐慌し始めた。

「お願い、リドリー。もう出よう！」

ワタリはもはや取り乱しかけている。

「うん。わかった。もう行こうね」

ワタリを宥めた後、リドリーはテールに言う。

「私達は地球人です」

「ああ、そうだね」

「私はあなたのことを仲間だと思っています。だから……」

リドリーは悲しそうな目で男を見て、こう付け加えた。

「最後に、私があなたにしてあげられることはありますか？」

いつの間に取り出したのだろう。

リドリーの手にはアンティークなライターが握られていた。

見かけによらずタバコでも吸うのだろうか。そんな風には見えないが。

「してもらいたいこと……別にないな。今の生活が幸せだし」

「……わかりました」

言って、リドリーはライターを仕舞った。

「では、私達はもう行きます。話をしてくれてありがとうございました」

さようならと言って、リドリーは開いていた本を閉じた。

その本の表題は『テールの物語』。魔王討伐の冒険譚だ。

ワタリとリドリーは無限に林立する本棚の間にいた。巨大な本棚は見上げてもまったく果てが見えない。本棚のてっぺんは真っ黒な空へと吸い込まれていくだけである。

「ごめん、ワタリ。待たせたね」

二人はテールという男と話していたのではなかった。それどころか村にもいなかった。テールの住む村は『テールの物語』と題された本の中にしか存在しない。

二人が開いたのは『テールの物語』の最後の方のページで、そこには魔王を倒した英雄テールの後日談が書かれていた。村で暮らすテールの話は途中から空白のページになっていたが、しばらく見つめているとテールの台詞が浮かび上がってきた。それがワタリとリドリーに語りかけてきたのである。

読んでいる本が語りかけてきた時、リドリーは相当驚いた。ここは自我を持つ本が住む星なのかと最初は思ったのだが、聞けばその本は自分を地球人だと言う。すぐには信じられなかったけれど事情を聞けば納得だ。

彼は魔王に本に変えられた地球人だったのだ。

彼は物語の中にいて、リドリーとワタリのことも村にやってきた旅人として認識しているようだった。

テールに真実を伝えようかリドリーは迷った。

「あなたは本当は魔王に負けて本にされてしまっていますよ」

「魔王を倒したというエピソードは娯楽小説として作り上げられたものなのですよ」

迷ったけれど、テールが現状に納得していると言うから踏み切れなかった。それで歯切れの悪い言葉を何度か口にしてしまった。真実を告げなかったことはきっと正しいのだろう。告げたところでテールを人に戻す手段がないのだから。徒に絶望させることもない。

ただ、行為の正しさとは別にリドリー個人の考えとしては彼を終わらせてあげたかった。

本ではなく、地球人として。

それでライターを取り出して聞いた。

——最後に、私があなたにしてあげられることはありますか？

それがリドリーが発することができるメッセージの限界だった。

結局、テールがライターの意味に気付くことはなかった。

だから、してあげられることもなかった。

「リドリー……ここ、本当にやばい」

この星に着いてからずっとワタリは怯えていた。戦闘能力が極めて高い者だけに特有な感覚で、この星の主の圧倒的な強大さを感じとっていたのである。

ワタリは慄いて言う。

「ずっと見られてる」

魔王の気配を感じられないリドリーを、ワタリは一刻も早く逃がしたくてしょうがなかった。

彼女だけが自分たちの危機的状況を理解して、追い詰められていた。早く脱出したくて、らしくもない暴言を口にしてしまっていたのだ。

「この星の主は……勝つとか戦うとかそういうことができる次元にいない。今は見られているだけだけど、魔王の気が変わった瞬間、私達は死ぬ。本に変えられる。今、私達が生きているの、ただの魔王の気まぐれだよ」

この宇宙にはそういう超越的な存在が稀にいる。人間の常識や物理法則を超越した何か。文明によっては神とか悪魔と呼ばれていたこともあるだろう。この星の主はそういう存在で、生き物を本に変えることで永劫に続く時間の暇潰しをしているようだった。

ちょうどその時、真っ黒な空から黒い手が伸びてきた。魔王の手だろうと二人は思った。自分たちへと向かってくるその手を見て、リドリーもようやく理解した。

その言いようのない悍ましさ、名状しがたい気味悪さ、体を芯から凍らせる恐怖。

(なるほど、これはどうしようもない)

二人は身動き一つできなかった。肉体が動くことを本能が許さない。全身が生き延びようと必死だった。上位存在を刺激しないための沈黙を体が勝手に実行に移していた。震えて涙を流すワタリの頭をリドリーは抱きかかえてやりたかったが、宇宙的恐怖の前にそれすらできなかった。

黒い手は本棚の前に来て静止した。どの本を読むか吟味しているような素振りだった。

やがて黒い手は数冊の本を抜き取ると、再び空へと去っていった。

魔王のお気に召す本が本棚にあってよかったとリドリーは思った。

もし本棚に魔王の関心を引く本がなければ、その興味関心は自分たちに向けられていたかも

しれない。

二人はかつて「本の星」という素敵な星に立ち寄った経験があった。だから今回も本がたくさんある星を見つけて、つい立ち寄ってしまったのだが……。

（まさかこうも恐ろしい星だとは）

遠ざかる黒い手が見えなくなった。

「行ったね……」

リドリーは小物入れから馬車型の宇宙船を取り出す。二人は素早く乗り込んだ後、全速力でこの星を脱した。

星を出るまでの間、リドリーは震えるワタリを抱き締めて、頭を優しく撫でていた。相方の心が落ち着くまでそうしていた。

「全然気付いてあげられなくてごめんね」

やがて、魔王の威圧感が消えた時、ワタリは大きなため息を吐いた。ずっと息が詰まる思いをしていたのだ。

ワタリは安堵の涙を浮かべながら言う。

「よかった……。本当に……。無事に出られて……」

けれど、リドリーは思案の後に呟いた。

「無事……。果たしてどうかね」

「大丈夫だよ、リドリー。もう魔王の威圧感はしないもの。絶対に逃げ切れたよ」

「だといいんだが……」

「……？　なんでそんなことを言うの？」

「だって、気付けないだろう。もし自分たちが本に変えられて、小説の登場人物にされていたとしても。テールがそうだったんだから」

自分たちは「魔王からうまく逃げきれた」というシナリオをなぞるキャラクターで、本当のワタリとリドリーは仲良く並んで本棚に収納されてしまっているのかもしれない。

「そんなことは……」

そこまで言って、ワタリの言葉は途切れた。リドリーの説を否定する材料は存在しなかった。

「今この瞬間も、私達は誰かに読まれているのかもしれないよ」

ワタリはうすら寒いものを感じて、窓から銀河を見上げた。

だが、窓の向こうには真っ暗な闇が広がっているだけで、自分たちを読んでいる者の顔は見えなかった。

光の星

幻想的な星だった。

宇宙から見たその星は淡い金色にほの光っている。

けれど、それは熱による発光のような激しいものではなかった。

どこか生命の温かみを感じさせる、柔らかな光を纏っているのである。

宇宙の闇の中に浮かんでいるそれは、ひときわ目立っていた。

興味を抱いたワタリとリドリーは馬首をその星へと向けた。


星に降り立ってすぐに、光の正体がわかった。

上空からふわふわと光が舞い落ちてきているのだ。おそらくこの光は星全体に降り注いでいるのだろう。だから、宇宙から見たこの星は光に包まれているかのようなのだ。

情緒的な景観に感動したワタリがそれに向かって手をかざす。

「わぁ、雪みたい」

二人は町に降り立っていた。この星独自の建築様式で建てられた民家が立ち並んでいる。どの建物も小さくて、どことなく玩具のようにも見えた。屋上や天辺に光が降り積もっており、まるで頭に光る冠を被っているように見えるのが愛らしい。

住むならこういうところがいいなと可愛いもの好きなワタリは思った。

そんな建物の中でひときわ目立っていたのは、無数の塔だった。

相当に高い塔で、天辺は良く見えない。

「千メートルはありそうだ」

どうやら光はその天辺から降ってきているようだ。リドリーがスコープで見てみると天辺に人影があった。

「はい、ワタリ」

何かに気付いたリドリーがワタリにマスクを手渡す。どうしてそんなものを渡されるのかワタリにはわからなかったが、とりあえずマスクをつけることにした。リドリーは意味のないことはしない。

「こんにちは、旅人さん」

マスクをつけ終えた二人に、この星の人間が話しかけてきた。

話しかけてきたのは少女だった。年の頃はリドリーらと同じくらいに見える。服は着ていないが、薄い光が着衣の代わりのように体を覆っていた。頭には長い触角のようなものが生えている。触角は先端を光らせながらゆらゆらと揺れていた。

少女は胸を張って二人に言った。

「綺麗でしょう、この星は」

「ええ、とても綺麗です」

「私、旅人さんが好きよ。みんなこの星を褒めてくれるから。誇らしい気持ちになれるのよね」

少女はくるりと回った。回転したことで少女の体からキラキラとした光が舞った。それで光は少女の体からも漏れているのがわかった。

「私も綺麗でしょう？　私の体、他の人より輝いてるのよ」

周りの人たちを見て、と少女は言った。

言われた通りに周りの人々を見て、二人は納得した。確かにこの少女は他の人よりも綺麗だった。

周りの人間はブチ柄なのだ。彼らの体には光っている部分と光ってない部分が存在した。触角もまた少女に比べると短い。

二人の耳にこの星の人々の会話が聞こえてくる。「君の今日の光り方、いいね」「見てくれよ、肘が光るようになったんだ」「はやくブチ柄は卒業したいなぁ」

この星の人々はみな服を着ていないのだが、二人はその理由がわかったように思えた。彼らにとって、体の光る部分は見せびらかしたいところなのだ。服を着るとそれが隠れてしまう。

少女は誇らしげな口調で二人に言った。

「私ね、これから神様になるの」

「神様に？」

「ええ、この星には神様がいるのよ。人々の体が光っているのは、神様に愛されている証。中でも私は神様に特別愛されているの。だから、全身が余すことなく光っているのよ。本当は、もっと大人にならないとこんなに綺麗には光らないんだけどね。私は特別だから若いうちから綺麗になれたのよ」

リドリーが尋ねる。

「もしかして、あなたはこれから塔に向かうのではないですか」

「そうよ。よくわかったわね」

少女は天に届きそうに高い塔を見つめた。

「全身が美しく光るようになった人はね、塔の天辺に行くのよ。神様はね、天高き所におわすの。塔の天辺に行くと神様と会える。そして私達を神様にしてくれるのよ」

「神様に……？」

「そう。神様の一員になってこの星を包み込むように愛するのよ。だから、地上とは今日でお別れ。人間の暮らしともさようならだわ」

「それは……少し寂しい気もしますね」

「どうして？」

少女は小首をかしげる。わけがわからないとでも言いたげだった。

「神様になれるのよ。それはとてもとても素晴らしいことなのよ。人間としての生なんて、神様になるまでの試練みたいなものなんだから。そんなものに未練なんてないわよ。ああ、ああ！　ああ！　あああああああ！」

少女の感情が昂っていく。彼女は自分の体を抱きしめて、叫ぶように言った。

「このところ、ときめきを抑えられないの。はやくあの塔の天辺に行きたいという昂り。きっと私の心も体も神様に近付いているからだわ」

少女は夢見るような心地で言った。

「ああ、早く。早く神様になりたい」

少女はうっとりとしながら塔を見つめる。その目は恋焦がれる乙女のそれに似ていた。

その恍惚とした様子に、リドリーが少し面食らう。

「そ、そうですか……。あなたが望んでいるなら何も言いませんが……」

「静かにして！」

少女は突然、リドリーに向かって怒鳴った。耳に手を当てて、何かを聞こうとしているようだった。

「聞こえる……。聞こえるわ。神様の御声が。あなたたちにも聞こえるでしょう？」

リドリーとワタリも耳を澄ませる。けれど、

「何も聞こえないですよ」

「ああ、私にしか聞こえないのね。やっぱりそうなんだわ。私は神様に愛されているから」

少女は天を仰ぐ。舞い落ちる光に向かって叫ぶ。

「ええ、参ります。今すぐに参ります。あなたのしもべが、ただちにあなたの御許へ！」

リドリーがおずおずと尋ねる。

「神様は何と言っているんですか？」

「すぐに塔を登れ。天に至れと。そうおっしゃっているわ。だから、あなたたちとのおしゃべりもこれでおしまい。さようなら」

居ても立っても居られないというように、少女は駆け出した。

駆け出した少女を見てワタリに直感が働いた。何の根拠もないのだが、あの少女を止めなくてはいけないと思った。それは少女の様子が狂的で、なんなら錯乱しているようにさえ見えたからだ。

「あの……」

少女を追おうとするワタリ。だが、リドリーがそれを制した。ワタリの肩に手を乗せて、引き留める。ワタリを見つめるまなざしはリドリーにしては珍しく、穏やかだった。

「星には星の宗教観や死生観がある。私達が口出しすることじゃないさ」

諭すような口ぶりだった。そんな言い方をされれば従うほかない。

「そうだね、リドリー」

駆けていく少女の後ろ姿を二人は見送った。

彼女の行く先には高い塔がある。


少女は近場の塔に辿り着いた。

塔の内部には一基のエレベーターが備え付けられている。これが搭乗者を天に近いところまで運んでくれるのだ。

ただしこのエレベーターに乗れるのは神の愛を最大に受けた者だけだ。

エレベーターは屈強な兵士によって守られていて、資格がない者が乗ろうとすると彼らに追い返されるのだ。

尤もこの少女に関しては追い返される心配などない。

兵士らは少女を――その余すところなく輝く体を――見ると深々と頭を下げた。

「どうぞお通りください」

少女は意気揚々としてエレベーターに乗り込んだ。

エレベーターが最上階に向かって上昇を始める。上昇するにつれて胸の高鳴りが強まっていく。

「ああ、御声が！　御声が！」

聞こえてくる声も大きくなる。

——子よ、我が愛しき子よ。至れ、天に至れ。

「はい！　直ちに。今向かっております。神様。あなたの御許へ」

エレベーターの中で少女は一人で喋り続ける。彼女だけに聞こえる声に応えて。

神と夢中で会話をしていると、突然エレベーターの上昇が止まった。いつの間にか天辺に着いてしまったらしい。

思わず少女は呟いた。

「至った……」

扉が開く。

雲より高い場所に少女は到着した。

恐る恐るエレベーターの外に出る。一歩を踏み出す。

その瞬間、
温かな光が少女の全身を出迎えるように包み込んだ。命のぬくもり、その温かさだと少女は即座に理解した。

光の向こうに人影が見える。それが誰かなど考えるまでもない。

こちらに向かって優しいまなざしを向けるその人は。

「神ぃ……」

ああ、私はなんて傲慢だったんだろう。

自分のことを美しいと思っていた。けれど、神に比べれば私など。

目の前の神が纏う光、その美しさ。言葉もない。否、言葉にすればそれは罪だ。

少女はよろよろと神に近付いていく。

「ああ、そのご尊顔……」

神に拝した時、どんな挨拶をするかは考えていた。何度も何度も考えた。けれど、その全てが頭から吹き飛んでいた。

少女の身を満たすのは歓喜。絶頂しそうな多幸感。

ぼろぼろと涙があふれてきて止まらない。

この瞬間を待ちわびて、この瞬間のために生きてきた。

神は手招きした。

――おいで。

少女はおぼつかない足取りで神の下へどうにか歩いていった。

神は塔のへりにいた。へりの近くには二人掛けの椅子があって、少女が傍にやってくると神はその椅子に座った。

――君も座りなさい。

「はい……。失礼いたします……」

少女は頭を下げた後、神の隣に座った。

少女は神に尋ねる。

「あの……私はあなたのしもべです。どのようなご奉仕をすればいいでしょうか」

神はゆるやかに首を振った。

――君は私の子。だが、ここに来た以上、もはやしもべではない。君もこれから神になるのだから。

今度はじわじわとした喜びが少女の全身に染みわたる。頭の奥が甘美に痺れた。

「本当に……。私も神に……。あなたのような美しい光になれるなんて……」

少女は興奮と歓喜の中にいた。けれど、何故だろう。突然、眠くなってきた。あまりに嬉しすぎて精神的に疲弊してしまったのだろうか。

体が動かない。瞼が重い。意識が途切れそうだ。

(神様の前で眠るわけには……)

けれど、頭がふらふらと揺れ出した。とても起きていられない。

それでもどうにか意識を保とうとする少女に、神は慈しむように言った。

――おねむり。

「ですが……」

――眠った後には、君の全ては神様になっているだろう。

その言葉を聞いて少女は安心した。

（私もいと高き存在に……）

少女は幸せそうに微笑んで、目を瞑った。

「おやすみなさい、私の神様」

リドリーとワタリは町を歩き、旅の道具を買い集めた。

最低限の旅支度を整えたところでリドリーが言った。

「行こうか、この星はあまり長居すべきじゃない」

馬車に乗って空へ発った。

上昇する過程で、高い塔の傍を通った。

塔の天辺にはさっき会った少女がいた。

少女は二人掛けの椅子に一人で座っていた。

「眠っているみたいだね」とワタリが言った。

「いや」とリドリーが否定する。

「死んでいるよ、アレは」

「え……死……？」

ワタリは目を凝らして少女を見つめる。

確かによく見れば少女は死んでいた。あまりに幸せそうな寝顔だから一目見ただけでは死んでいるとわからなかった。

死んだ少女の長い触角がゆらゆらと揺れている。その先端からは光の粒があふれ出ていた。光は町へとふわふわと落ちていく。

「どうして死んでるの……」

馬車の中のリドリーがマスクを外しながら答えた。

「菌に殺されたんだ」

「えっ」

「神様の正体だよ」

リドリーは少女の触角から降り注ぐ光を見つめる。

「あの光は、生き物に寄生する菌なんだ。宿主の行動をコントロールするらしい。宿主は高いところに向かわされて、そこから菌を撒く。菌は新たな宿主に寄生すると、それを再び高い場所へ向かわせる……」

今のあの子は抜け殻みたいなものだよとリドリーは言った。

「あの子の体の中には、内臓も筋肉もほとんど残ってはいないだろう。ほぼ全てが輝く菌に置き換わっている。だから全身が満遍なく輝いてきたんだ」

町にいた人々の多くが何故ブチ柄の光を纏っていたのか、ワタリは今理解した。ブチ柄の彼らは菌に侵されている部位がまちまちだったのだ。

「体内に宿す菌が一定量を超えると、高いところへ行きたくなるように感情をコントロールされてしまうんだろうね。次の感染拡大のために」

「そ、それじゃあ……！　星の人たちに教えてあげないと……」

「無駄だよ。神様のことを話す彼女の狂的な様子を見ただろう。菌は幻覚や幻聴を宿主に見せて、自分たちを神だと思わせているはずだ。そんな状態では、私達が何を言っても神を疑ったりはしない」

　そこまで話したところで馬車は星を出た。

　再び宇宙から光の星を見る。

　来る前と変わらずその星は柔らかな金色に光っていた。

　だが、それは全て菌の光なのだ。

　ワタリが思わず漏らした。

「気持ち悪い……」

「そうかい？　私はそんなことないと思うが」

　リドリーは車窓から星を眺めて言う。

「あの菌だって、生命が至る一つの完成形に違いない」

　リドリーは思いを馳（は）せる。

あの菌が星を支配するまでにどんな進化や試みがあったのか。あの星の人々は地球人と同程度には高度な知的生命体だった。彼らの複雑な思考を制御するのは簡単なことではない。失敗して淘汰(とうた)される可能性だって十分あったはずだ。それらを成功させて星の支配者となった生き物に対して、リドリーはある種の畏敬の念を抱いていた。

彼女はそこに進化の神秘を見ている。

だから、リドリーは光の星を見つめ、ため息とともに呟(つぶや)いた。

「とても綺麗(きれい)だ」

どこか生命の温かみを感じさせる、柔らかな光に向かって。

闇の星

銀河を馬車が駆けている。

乗っているのは二人の少女、ワタリとリドリー。

二人は新天地を求めて、星を巡っていた。

ふと車窓の外で何かが光った。赤い光だった。

ワタリが言う。

「花火かな」

リドリーが言う。

「違うね。アレは信号弾だ。それも色合いからして、地球人が撃ちあげてるみたいだね」

リドリーは学者で、博識だ。

「赤い信号弾は救援要請を意味している。近くの星で、誰かが助けを求めているんだね」

再び赤い信号弾が打ち上げられる。

発信先は、半径二十キロメートルほどのとても小さな星だった。

リドリーが尋ねる。

「どうする？」

「もちろん、助けに行こう」

機械の御者が、機械の馬に鞭を打つ。

馬首が小さな星へと向かう。

「意外。リドリーは無視すると思ってた」

「失礼だな、君は。……まあ、確かに私は自分に利のないことはやらないがね」

「なら、どうして助けるの？」

「いつか私達が遭難したら、助けてほしいだろう？」

人を助ければ、巡り巡って自分を助けることになる。

銀河は強大で、人間は矮小だ。

だから、助けられる人間は助けたいとリドリーは思う。

「地球人は、互いを思いやれる種族なんだよ」

馬車は小さな星に降り立った。

時間帯は夕暮れだった。近くにちょうど太陽のように光る星があるのだ。

座礁している宇宙船を見つけた。あまり大きなものではない。
五、六人が乗るのが限度だろう。
「この宇宙船が信号弾を上げていたと見て間違いない」

ワタリとリドリーが宇宙船の扉に近付く。

その時、物陰から人が飛び出してきた。

「誰だ！」

三十歳ほどの男性だった。やつれている。

手には銃を持っていて、それをワタリとリドリーに向けている。

リドリーは敵意がないことを示すために両手を上げた。

ワタリは袖の下に忍ばせていたナイフを静かに確認する。

男がリドリーに発砲するようなら、殺す気だ。

けれど、リドリーが穏やかな口調で男に言った。

「信号弾を見たのです。お困りならば、お力になろうと」

「あ、ああ……」

男はへなへなと座り込む。そして銃を下ろした。

「すまない……。助けに来てくれたのに、銃なんか向けて……。またヤツラが来たのかと思ったんだ」

「ヤツラ？」

「夜になるとやってくるんだ、この星では……」

ちょうど、日が沈んだ。

薄闇が星を覆った。

「来る……！　ヤツラだ……！」

それは闇の中から現れた。

一種の宇宙生物なのだろう。黒い闇が固まって、狼のような生き物に変わった。

それが無数に現れて、三人を取り囲んだ。

「ひ、ひぃ……」

男が銃を構え、撃つ。

闇の狼の一匹が、穿たれた穴から黒い煙を噴き出して倒れた。

だが、一匹倒した程度では何にもならない。

闇の狼は、少なく見つもっても二十四はいた。

男が絶望に呻く。

「くそ、もう弾薬がねえ……」

リドリーがちらりとワタリを見た。

「ワタリ、やっておしまいなさい」

「うん」

ワタリが長いスカートを翻す。

スカートの下から出てきたのは、短機関銃だった。

ワタリの着ている黒いワンピースドレスは、リドリーによって魔改造されている。そのスカートの下には多種多様な武器が収納されているのだった。

短機関銃が火を噴いた。

闇の狼たちは、みな蜂の巣になって倒れた。

何匹かの狼は、銃弾の雨をかいくぐってワタリに飛びかかった。

だが、空中で迎撃された。

ワタリの蹴り上げた足が、狼の頭を打ち砕いた。

死体は黒煙となって消えていった。

生き残った狼も、勝ち目がないと判断したのか退却を始める。

男が驚いた表情でワタリを見つめて言った。

「アンタ、強いんだな……」

「………」

ワタリは返事をせずに、短機関銃をスカートの下にしまった。

人見知りなのである。

闇の狼に襲われていた男は、ウッソという名前だった。

ウッソは壊れた宇宙船の中に二人を案内した。

宇宙船の中には、四人の男性がいた。

みな、浅くはない怪我を負っている。

ウッソが言う。

「二週間前、俺たちの宇宙船に小さな隕石がぶつかったんだ。それで航行が不能になって、やむを得ずこの小さな星に不時着した。その時に、俺以外は怪我をしたんだ」

「それで救難信号を出したんですね」

「ああ。だが、悪いことにこの星には原生生物がいた」

「闇の狼ですか」

「ああ。あいつらは夜になるとやってくる。宇宙船を密閉しても、煙みたいに入り込んでくる。毎晩、俺一人で戦っていたが、もう限界だった。アンタたちが来てくれて、本当に助かった」

「いえいえ、お礼を言われるようなことでは。同じ地球人ですから、助け合うのは当然です」

地球は、戦争と環境汚染で死の星となった。

地球人は各々が宇宙船に乗り、銀河へと新天地を求めて旅立った。

強い同族意識を感じるのは、地球人がみな、宇宙へ散っていったせいかもしれない。

助けられた男の一人がリドリーに向かって手を合わせた。

「この広い銀河で、同族に出会えたことに感謝を」

リドリーは怪我人たちの手当てを始めた。

科学者であるリドリーは、自分で開発したメディカルキットを携帯していた。怪我人たちに適切な治療を施していく。

全員の診察を終えたリドリーが、ウッソに言った。

「三日ほどで、みなさん完治すると思います。あなた方の宇宙船の方も損壊の程度を確認してきましたが、どうにか修理できそうです。夜になったら狼たちが来ると思いますが、それはワタリが迎撃します」

ウッソはワタリとリドリーに向かって、頭を下げた。

「ああ、リドリーさん。ワタリさん。なんてお礼を言えばいいか。アンタたちは女神だ」

リドリーが得意げになる。

「なはは、もっと言って。もっと言って」

「リドリーさんは白金の髪がお美しい美女ですし、ワタリさんは奥ゆかしさがたまらない深窓の令嬢だ。お二人は、私達にとって救いの女神です」

その誉め言葉はリドリーが求めていたものとはちょっと違っていた。

三日の共同生活が始まった。

リドリーがウッソに尋ねた。

「みなさんは、どんなお仕事をなさっているんですか？」

「銀河を巡って、商いをしています。行商人です」

「何を売っているんです？」

「宝石ですね。美しく磨かれたものから、これから磨く原石まで。特に地球産のものは高値で売れます」

「宝石。私も好きです。見てみたいな」

「生憎、手持ちがないのです。全部、別の星で売ってきた後なので……」

リドリーは怪我人をメディカルキットで治療しながら、元気づける。

「もうすぐ動けるようになりますからね」

四人の怪我人はみな、リドリーに感謝した。

怪我人の一人が、治療するリドリーの手を見て言った。

「綺麗な手だ。小さくて白くて細い……。爪の形もいい」

「ええ、手が綺麗と昔からよく言われます」

答えて、リドリーが微笑む。

そこにウッソがやってきた。

ウッソが笑いながら、怪我人の男に言う。

「リドリーさんたちのおかげでまた嫁さんに会えるな」

「ああ、本当に……」

怪我人の目に涙が浮かんだ。

「もう妻に会えないかと思った……。待ってるんだ、異星で俺の帰りを……」

男の目からボロボロと涙がこぼれた。

「ありがとう、リドリーさん、ワタリさん。何のお礼もできないけど……」

「かまいません。いつか私達が遭難しているのを見つけたら、その時は助けてくださいね」


二日目の夜。

闇の狼は、毎晩ワタリに殲滅させられるのでもう襲ってこなくなっていた。

男たちの怪我はほとんど治っていた。宇宙船の修理もおおよそ終わっている。

だから、今日が最後の夜だ。

宇宙船の一室に集まって、みんなで地球の思い出を話すことになった。

みんな、住んでる場所も年齢層も違うから、共有できる思い出は少なかった。

なのに、楽しかった。盛り上がった。

地球という星自体が、みんなにとって共通の故郷だった。

この感覚は、銀河へ追われた地球人でなければわかるまい。

「何もかも、みな懐かしい……」

話の途中で、リドリーが顔周りの髪をかき上げた。

髪の隙間からちらりと耳が覗き、ピアスがきらめいた。

ウッソの仲間たちが言った。

「所作一つとっても本当に品がある」

「これは引く手あまただろうなぁ」

リドリーが嬉しそうに言った。

「いやぁ、みなさんお世辞がうまい。こんなに気持ちよくなれたのはいつぶりかなぁ」

「お世辞なんかじゃないって！」

「心からそう思ってる！」

「またまたぁ……」

そこに湯気の立つカップを持ったウッソがやってきた。

「最後の夜だ！　今日は大盤振る舞いするぜ！」

ウッソが持ってきたのは、カップに入ったココアだった。

リドリーが目を輝かせる。

「お、おおおお！　それはまさかココア！」

ココアは希少品だった。

地球以外の星では、類似する果物がほとんど見つからないせいだ。

ワタリでさえ、物欲しそうな視線をココアに向けていた。

ウッソが言う。

「俺たちを助けてくれた二人への、ささやかなお礼だ！」

「いただきます！　いやあ、助けた甲斐があったねぇ！」

ワタリはぐいっとココアを飲み干した。

リドリーはちびちびと舐めるようにココアを味わっていた。

ココアを飲みながら、また地球の話をする。

楽しかった頃の思い出話を。

誰も戦争や環境汚染のことは話さなかった。

楽しくない話題だから、みんな避けていた。

やがて語り終えて、みんなは宇宙船の中で寝た。

今日までワタリとリドリーは自分たちの馬車の中で寝ていたが、最後の夜だけは戻らなかった。

地球人同士の最後の語らい、その名残を惜しんでいるかのようだった。

明日には皆、バラバラになって銀河へと発つ。

別れの朝がやってきた。

「リドリー……！　リドリー……！」
自分を呼ぶ声がして目が覚めた。
「ん……？」
リドリーが目を開ける。
（あれ……頭が重い……。体、全然動かない……）
まるで意識以外はまだ深い眠りの中にあるかのようだ。
判然としない頭で、リドリーは状況を整理した。
視線の向こうにいるのはワタリだ。
必死な表情でリドリーに声をかけている。
自分の体は動かない。
（誰かが私の体を抱きかかえてる……）
重い頭をどうにか巡らせる。
ウッソだ。
ウッソがリドリーを抱えている。
ゴツリという無骨な感触が、頭にぶつかる。
それが何かは、見なくてもわかった。
銀河を旅していると危険な目にたくさん遭う。

銃口を突き付けられたことは、二度や三度では済まない。

ウッソが苦々しく言う。

「クソが、まさかそっちの女に睡眠薬が効かないとはな」

「リドリーを放して！」

ウッソの傍らには、怪我の治ったウッソの仲間たちがいる。

彼らもまた銃器を手にしており、ワタリへと向けていた。

「どうして……こんなことを……私達はあなたたちを助けたのに」

「そのことについては本当に感謝してる。ありがとう。でも、アンタたちのような美少女を放っておくことは、職業柄できないんだよ」

「職業柄……？　あなたたち宝石商だって……」

「女っていう宝石はよく異星人に売れるんだ。特に地球人は希少な上に人気が高い」

「人身売買……」

妻の話をした男が言った。

「悪く思うな、俺も嫁を食わせなきゃいけない。この広大な銀河で地球人が生きていくには、手段を選んじゃいられないんだ」

「だから、ワタリさん。アンタも俺たちに捕まってもらう。安心してくれ。二人一緒にできるだけ優しそうな異星人に売ってやる。それが俺たちにできる恩返しだ」

「仇返しって言うんだよ、それは……」

途絶しそうな意識の中で、リドリーが皮肉を言う。

「何でもいい。ワタリさん、武器を捨ててくれ。でなければ、俺はリドリーさんを撃つぞ。商品を傷付けるのは俺たちも本意じゃない」

「武器なんて、私は持ってない……」

ワタリは手ぶらだ。

「知ってるんだぞ。アンタのスカートの中に、たくさんの武器が収納されてること。この三日間、狼と戦うアンタを何度も見たからな」

「どうしろって言うの……」

「服を脱げ。全部だ」

「………」

ワタリは苦い顔をしながらも、ボタンに手をかけ始めた。

そこに羞恥はない。

リドリーを助けるためなら、彼女はなんだってする。

ケープを脱ぐ。リボンをほどく。

少しずつ、ワタリの肢体が露になっていく。

「……よくないな」

リドリーが呟く。
スカートが床に落ちる。
「こんな奴らに君の柔肌を晒すべきじゃない」
リドリーの指が、自分の耳に近付く。
それに気付いて、ワタリは目をつぶった。
リドリーの指が、耳を飾っているピアスに触れた。
リドリーはピアスを捻る。
かちりという音がして、閃光が瞬いた。
船内が真っ白に染められる。
リドリーのピアスは、極小の閃光弾だった。
無音で広がる光が、ウッソたちの視力を奪おうとする。
「く、くそ……！」
ウッソだけは、たまたま閃光の影響を受けなかった。
全くの偶然だが、閃光の瞬間に瞬きをしていたおかげだった。
だが、ウッソは聞いた。
仲間たちの悲鳴と、肉が引きちぎられる音、血飛沫が船内を染める音。
閃光弾が効力を失った頃。

ウッソの仲間は死んでいた。

みな容赦なく首をねじ切られていた。即死だった。

ウッソの前には、下着姿のワタリがいた。

白い肌が、赤い血に染められて、どうしようもないほどに艶めかしかった。

「た……助け……」

そこまで言って、ウッソは死んだ。

ワタリの小さくて、か弱い手が、ウッソの頭を摑むと、ぐるりと回してねじ切った。

リドリーに仇為す者に、ワタリは容赦しない。

「戦うことしか、私にはできないから……」

友達を守ること。それがワタリの存在理由。

数時間前まで楽しいお喋りをしていた場所は、血の海に変わっていた。

「戻ろうか、リドリー」

言って、ワタリはリドリーを丁重に抱き上げた。

リドリーは体に残る睡眠薬のせいで、また眠りに落ちていた。

馬車が星の地面を蹴り、銀河へ向かおうとした頃。

リドリーが目覚めた。

リドリーはワタリに謝った。

「すまない。油断したよ。手間をかけさせた……」

「いいの。リドリーが無事だったから」

まだ睡眠薬が体に残っているため、リドリーは気怠そうにしている。

ワタリが尋ねる。

「リドリーはさ、やましいことをしようとしている人は、眼を見ればわかるよね」

「ああ」

「あの人たちが、私達を売ろうとしているのはわからなかったの？」

「腹に一物あるのはわかってたよ。さすがに人身売買していることまではわからなかったけど」

「じゃあ、どうしてあんなに親切にしたの？」

リドリーは目を伏せて言った。

「……忘れていたのさ。地球人は思いやりにあふれる種族だが……」

リドリーは悲しげに続ける。

「同時に、愚かで卑劣な種族だったことを」

車窓から、闇の星を見下ろす。

ウッソたちの宇宙船へ、闇の狼たちが侵入していくところだった。

おそらくは死肉を喰らいに向かっているのだろう。
今のリドリーには闇の狼たちが可愛らしく見えた。
彼らは凶暴だが、その行動原理は単純だ。
馬車は銀河を走る。
遠ざかる暗い星を見て、リドリーは故郷の星のことを思い出していた。
昨晩、ウッソたちと語った思い出は、楽しかった時のことばかりだった。
もし、戦争や環境汚染のことを話していたら、思い出せていたかもしれない。
地球人の愚かさと卑劣さを……。

鳴の星

「ようこそいらっしゃいました、我らの星へ！」

その星へ降り立ったワタリとリドリーは、一人の星人（せいじん）に出迎えられた。

二人に話しかけてきたのは、口が非常に大きな星人だった。体の半分が口で出来ているのではないだろうか。

頭からはアンテナのような角が二本ほど生えており、電波を探しているかのように伸縮を繰り返している。

「お待ちしておりました。私達の星は、旅人さんを歓迎しておりますのでね！」

にこやかな星人に反して、ワタリは不安そうだ。

「大丈夫かな、リドリー……」

好意的な態度を装（よそお）って、罠（わな）にはめようとしてくる異星人を二人は何人も見てきたのだ。

けれど、リドリーは答える。

「少なくとも悪意は感じられないよ」

リドリーは、対峙（たいじ）した相手の感情を感じ取る能力に秀（ひい）でている。

だから、リドリーは星人に応じた。

「お邪魔させていただきます。私達は旅の者。私がリドリー、こちらがワタリです」

星人は白い歯を見せて、はきはきと喋る。

「旅のお話をね、聞かせてくださいよ。この星は大した娯楽もないところなので、旅人さんのお話を聞けるのが数少ない楽しみなんですよね」

なるほど、そういうことなら旅人に好意的なのも納得がいかないでもない。

「あっ、お疲れですよね。宿にご案内いたしますよ。この星で一番の宿に。といっても大したところでないんですが」

リドリーが微笑んで答える。

「そうですね。長旅で疲れていますし、お言葉に甘えさせていただきます」

「宿にご案内いたしますよ！」

その時、新たに別の星人がひとりやってきた。

「ようこそいらっしゃいました、我らの星へ！」

その星人もまた大きな口で叫ぶように挨拶をしてくる。

「お待ちしておりました。私達の星は、旅人さんを歓迎しておりますのでね！」

リドリーは愛想笑いを返した。

「ええ、じっくりこの星を検分させていただこうかと思っています」

「旅のお話をね、聞かせてくださいよ。この星は大した娯楽もないところなので、旅人さんのお話を聞けるのが数少ない楽しみなんですよね」

「はい、機会がありましたら……」

リドリーは最初の星人に声をかける。

「では、宿にご案内していただけますか？」

最初の星人が答えた。

「あっ、お疲れですよね。宿にご案内いたしますよ。この星で一番の宿に。といっても大したところでないんですが」

けれど、最初の星人は動かない。爽やかに笑っているだけだ。

リドリーが困り笑いを浮かべる。

「あの……宿に……」

足音がした。

「ようこそいらっしゃいました、我らの星へ！」

さらにもう一人、星人がやってきていた。大きな口でにかっと笑って挨拶をしてくる。

リドリーは会釈(えしゃく)だけ返す。

最初の星人がリドリーに言う。

「旅のお話をね、聞かせてくださいよ。この星は大した娯楽もないところなので、旅人さんのお話を聞けるのが数少ない楽しみなんですよね」

「話なら宿でしますよ。ですから宿へ連れて行ってください」

「あっ、お疲れですよね。宿にご案内いたしますよ。この星で一番の宿に。といっても大したところでないんですが」

「人の話を聞いていますか？」

さらに足音がした。

「ようこそいらっしゃいました、我らの星へ！」

また新たに星人が現れていた。

「ようこそいらっしゃいました、我らの星へ！」

もう一人、星人が。

「ようこそいらっしゃいました、我らの星へ！」

重ねて星人が。

「ようこそいらっしゃいました、我らの星へ！」

気付けばワタリとリドリーは、たくさんの星人に囲まれていた。

「ようこそいらっしゃいました、我らの星へ！」

星人の声が合唱される。

「ようこそいらっしゃいました、我らの星へ！」

「ようこそいらっしゃいました、我らの星へ！」

「ようこそいらっしゃいました、我らの星へ！」

「ようこそいらっしゃいました、我らの星へ！」

「ようこそいらっしゃいました、我らの星へ！」

「ようこそいらっしゃいました、我らの星へ！」

「ようこそいらっしゃいました、我らの星へ！」

「ようこそいらっしゃいました、我らの星へ！」

「ようこそいらっしゃいました、我らの星へ！」

「ようこそいらっしゃいました、我らの星へ！」

「ようこそいらっしゃいました、我らの星へ！」

「ようこそいらっしゃいました、我らの星へ！」

「ようこそいらっしゃいました、我らの星へ！」

「ようこそいらっしゃいました、我らの星へ！」

「ようこそいらっしゃいました、我らの星へ！」

「ようこそいらっしゃいました、我らの星へ！」

「ようこそいらっしゃいました、我らの星へ！」

「ようこそいらっしゃいました、我らの星へ！」

「ようこそいらっしゃいました、我らの星へ！」

「ようこそいらっしゃいました、我らの星へ！」

「ようこそいらっしゃいました、我らの星へ！」

「ようこそいらっしゃいました、我らの星へ！」

「ようこそいらっしゃいました、我らの星へ！」

「ようこそいらっしゃいました、我らの星へ！」

「ようこそいらっしゃいました、我らの星へ！」

「ようこそいらっしゃいました、我らの星へ！」

「ようこそいらっしゃいました、我らの星へ！」

「ようこそいらっしゃいました、我らの星へ！」

「ようこそいらっしゃいました、我らの星へ！」

「ようこそいらっしゃいました、我らの星へ！」

「ようこそいらっしゃいました、我らの星へ！」

「ようこそいらっしゃいました、我らの星へ！」

「ようこそいらっしゃいました、我らの星へ！」

「ようこそいらっしゃいました、我らの星へ！」

「ようこそいらっしゃいました、我らの星へ！」

「ようこそいらっしゃいました、我らの星へ！」

ワタリがスカートの下からナイフを取り出した。リドリーの腕を掴み、自分の傍に引き寄せる。

「宿にご案内いたしますよ！」

星人たちは一斉にワタリとリドリーに襲い掛かった。


「はぁ……結局宿では休めなかったね」

星を発った馬車の中で、二人はため息を吐いた。

無数の星人に襲われた二人だが、ワタリが全てを蹴散らし、どうにか星を脱出できたのである。

「どっと疲れたよ」と言うワタリはぐったりしている。

「お疲れ様、ワタリ。また助けられちゃったね」

リドリーはワタリをねぎらって、板チョコを一枚差し出した。

チョコはワタリの大好物なので、ワタリは顔をほころばせた。

板チョコをかじりながらワタリが尋ねる。

「結局、あの星の人たちは何だったの？　全然話が通じなかったよね。銀河共通語をこっちは話してたのに」

ちょうどその時、リドリーの持つ多機能機械が星人の解析を終えたところだった。

ワタリが殺した星人の首をリドリーは持ち帰り、彼らがどういう生き物だったのかを調べていたのだった。

解析結果を見て、リドリーは「……なるほど」と呟いてから説明を始めた。

「通じるはずがなかったね。彼らは言葉を話していなかったんだ」

「え？　どういうこと？　言葉は話していたよ。ようこそいらっしゃいましたとか言ってたもの」

「あれはただの鳴き声だ。どうやらあの星人たちはインコやオウムと同じようなものらしい。彼らはアンテナみたいな触角によって、捕食対象の脳を読み取る能力を有していた。そうして対象が使う言語をコピーするんだ。特に歓迎の言葉を優先的に話す習性を持っていたようだ。捕食対象を油断させ、その隙に襲って食べるのさ」

ワタリが青ざめる。

「じゃあ……最初から会話は成立していなかったってこと？」

「そういうこと。私達は鳥がピーピー鳴いているのに対して、一生懸命言葉を返していたにすぎない」

ワタリが顔をしかめて言った。

「気持ちの悪い星……」

「そうかな？」

対してリドリーは大して気持ち悪がっていないようだった。

「だって、そうでしょ。言葉が通じているようで、本当は通じてないなんて。気味が悪いよ」

「そう言うけどさぁ……」

リドリーはからからと笑った。

「地球人も、そんなやつばっかりだったぜ？」

言葉を話せることと、会話が成立することの間には深い溝がある。

リドリーが住んでいた星には、自分が一方的に話すばっかりで相手の話は聞こうとしない連中がたくさんいたのだ。

だから、あの異星人も地球人もリドリーからすれば大差ない。

リドリーは解析の終わった首を車窓から放り捨てた。もう必要なかった。

首は緩やかに回りながら、銀河の闇へと消えていった。

謎の星

「うわぁあああああああああああああ！　やめてくれぇえええええええええええ！」

　ばき、ごり、ぐしゃ、じゅる。

　ワタリとリドリーの目の前で、人間が食われている。

　人食いの怪物。頭は人間の女で、体は獅子だった。

　獣の両手で男を摑み、女の口で貪っている。

　ごくりと喉が動いて、男が怪物の腹の中へくだっていったのがわかった。

　女の唇は血で濡れていて、それがまるで口紅を塗っているかのように妖艶だった。

　その口で、人食いの怪物は謡うように言う。

「さて、謎かけを続けよう」

　答えられなければ、二人の少女もまた先の男と同じ末路を辿る。

　いつものように星間航行を行っていた時、リドリーの探知機がある星に反応を示した。

「移住できそうな星が見つかったの？」

「そうじゃない。でも探知機が示すには、その星にはたくさんの財宝があるみたいだ」

リドリーは財宝……特に宝石が大好きだ。

「お宝を頂きに行こうか」

宇宙を駆ける馬車が、発見した星へ馬首を向ける。が、ちょうどその時、

「あっ、宇宙船……」

車窓から景色を眺めていたワタリが、別の宇宙船がその星へ向かっているのを見つけた。

リドリーは直感する。あの宇宙船も宝を求めて急行しているに違いない。

馬車の速度が上がった。

「急ぐよ、宝石を取られてなるものか」

馬車は吸い込まれるようにその星へ降りていった。


二つの宇宙船はほとんど同時にその星に降り立った。

そこは砂の星だった。金色の砂漠には転々と白い石のようなものが埋もれている。

馬車から降りた二人は、もう一方の宇宙船から降りてきた男と鉢合わせた。

ガラの悪い男だった。暗い目つきは、闇稼業（かぎょう）に従事している者のそれだ。

（銀河盗賊っぽいな……）とリドリーは思う。

男とリドリーの目線が合う。目が合うだけで通じ合うものが二人にはあった。

同じ穴の狢（むじな）であることが一目でわかったのだ。

「クソが！　ついてくんじゃねえぞ！」

男はリドリーに吐き捨てて、駆け出した。

「お宝は俺様のものだ!!」

「あっ、待て！　待たないと殺すぞ！」

リドリーは追いかけようとしたが、すぐに諦めた。彼女は足が遅いし、体力もない。

「どうしよう、ワタリ。お宝が横取りされちゃう……」

男をどうにかしてほしいとリドリーの目は訴えているが……。

「リドリー……。強欲はしたないよ」

ワタリはリドリーと違って、財宝や宝石にそれほど関心はない。足ることを知る人間だった。

「少し宝石が手に入ればいいじゃない」

「そんなぁ……」

二人はゆっくりと星の探索をすることになった。

探知機に従って、財宝の反応がある方へと進む。

金色の砂漠を歩いていると、四角錐(しかくすい)の巨大な建造物が見えてきた。

「どうやらあの建造物の中にお宝があるみたいね」

「ああ。楽しみだ……」

黄金の建造物を見つめるリドリーの目はぎらついている。

建物へと近付くと、背後から駆けてくる足音がした。

さっき見た男が、大急ぎでやってくるところだった。手には財宝を探知するための機械を握っている。

「お宝の横取りはさせねえ！　殺すぞクソガキども！」

どうやらリドリーの持つ探知機の方が、男の持つそれより性能が高いようだ。いつのまにか追い抜いていたらしい。

「く、急ぐぞワタリ」

ワタリの手を引っ張って、リドリーは建造物へと進む。

ちょうどその時、三人の前方で強烈な砂嵐が渦巻いた。

「！」

大量の砂が霧のようになって、視界が遮られる。

「うっ……」

三人はひるんだ。砂が目に入らないように瞳を閉じ、手で顔を庇(かば)う。

砂の霧が晴れて、次に目を開けると……、

「なんだこいつは！」

思わず男が叫んだ。

　三人の目の前に、巨大な生き物が現れていたのだ。

　それは怪物だった。女の顔に、獅子(しし)の体を持った怪物。

　体高は十メートルを超えていて、冷たい目つきでリドリーたちを見下ろしている。

　怪物の口が動いた。

「我は財宝の守護者。この先には通せぬ」

「財宝の守護者だと……」

「王家の宝を狙う盗賊どもから宝を守っているのだ。そう、貴様らのような薄汚い連中から」

　男が腰の銃に手をかけながら言う。

「取って喰(く)おうって言うのか」

「それはお前たち次第だ」

　怪物はいやらしく笑った。

「私はお前たちを試す。宝を得るに相応(ふさわ)しい者かどうか。さあ、私に知恵を示すのだ」

「知恵……？」

「我の謎かけに答えよ。答えられれば財宝を明け渡してやる」

「ケッ、謎かけねえ」

　男は怪物を嘲笑(あざわら)う。巨大な怪物を前にしても、男は恐れる様子がない。おそらくは何度もこういう場面を切り抜けてきたのだろうとリドリーは推測した。

「なるほど、つまりその謎かけに答えられなかったら……？」

「取って喰う」

女の口は、人間を一飲みにできそうに大きかった。

「無知なる者に生きている価値などない」

「ま……待って……！」

ワタリが大きな声で言う。

「私達、もう帰ります！　全然、お宝目当てじゃないので……逃がしてください」

「それは叶わぬ。謎かけは既に始まっている」

「わかりました！」

即座にワタリは逃走を諦めて、怪物を殺すことにした。恐ろしいほどの切り替えの早さだった。

スカートの下からナイフを取り出して、怪物へと駆け出す。

（平和的に逃げられないなら、殺して退路を確保する）

判断は冷酷に迅速に。そうでないとこの銀河ではとても生きていけないのだ。

瞬きの間にはワタリは怪物の眼前に迫っていた。

跳躍し、怪物の頭部へとナイフを振るう。

（このまま、脳天を貫く……！）

刀身が日の光を受けて煌めいた。

しかし、人食いの怪物は怖じる気配すら見せず、淡々と呟く。

「伏せよ」

途端、ワタリの体が地面に叩きつけられた。物理法則を完全に無視した動きだ。

まるで怪物の言霊が、重圧となってワタリに襲い掛かったかのよう。

「う……ぐ……！」

「ワタリ……！」

どれだけ力を入れても、ワタリは立ち上がることすらできなかった。

（ありえない。ワタリはトン単位の重さにも難なく耐えるんだぞ……）

その光景を見て、リドリーは理解した。

「……なるほど、確かに謎かけはもう始まっているらしいな」

星を巡っていると、こういうことがたまにある。

物理的な力ではなく、独自の法則によって支配されている星。

その法則がものを言う星では、純粋な力の強さなど無意味なのだ。

この星では、謎かけに正答できるかどうかで全てが決まるのだろう。

そして謎かけの邪魔をする者は、問答無用で排除される。強硬手段で謎かけを突破しようとしたワタリのように。

人食いの怪物はワタリを見下ろして言う。

「この者は、法則を犯した。もはや謎かけに答える資格はない」

怪物の顔がワタリに近付く。耳まで裂けそうな口が開かれた。

「ひっ……」

生臭い吐息が、ワタリの恐怖を掻き立てる。たまらず涙目になった。

だが、そこでリドリーが怪物に声をかけた。

「待て、取引をしよう」

リドリーの言葉で怪物は止まった。口は開いたまま、横目にリドリーを見つめる。

「私が謎かけに答えられたら、財宝はいらない。代わりにその娘を助けてくれ」

怪物はすぐに応じた。

「よかろう。どうせ答えられぬ。この謎かけに答えられた者は一人もいないのだからな」

怪物の言葉には確固たる自信が満ちていた。

怪物はワタリから離れて、リドリーと男を見据えた。

「では問おう」

怪物の口が、謡うように動いた。

「ある旅人が人食いの怪物に追い詰められていた。怪物の大きな目は旅人の方を向いており、人を丸呑みにできる大きな口が旅人の眼前に迫っている。しかし、旅人は喰われなかった。旅人が窮地を乗り切った方法を示せ」

まるで自分たちの状況を嘲笑っているかのような内容の謎かけだ。

怪物は付け加えた。「制限時間は日が沈むまでだ。先に正解した方の願いのみを叶える。残った者は喰うから急ぐがいいぞ」

地球で言うところの太陽に相当する星が、低い空に光っていた。今は夕刻に差し掛かろうという時間帯だ。

刻限を決められても、リドリーと男は動かなかった。

答えを導くには、あるいは確定させるには情報が足りないのだ。

それを見透かしたように、怪物は卑しい笑みを浮かべて言った。

「では、質問を一回だけ受け付けてやろう。早い者勝ちで、どちらかの質問にだけな」

その言葉で、男とリドリーが素早く動いた。

男は腰のホルスターから拳銃を、リドリーはスカートを翻し、太腿のホルスターからレディースのピストルを抜いていた。

ふたつの銃声が響く。

だが互いの弾丸が狙ったのは怪物ではない。

リドリーは男を、男はリドリーを狙って撃っていた。

「う……ぐ……」

リドリーは手を押さえながら呻く。ピストルは砂地に落ちていた。

リドリーの白い手から滴り落ちる鮮やかな血を、怪物が熱っぽい視線で見つめていた。

「悪いな、嬢ちゃん。早撃ちじゃ俺は負けなしなんでね」

撃ち合う二人を見て怪物がからからと笑っていた。「愉快愉快。追い詰められた連中が相争う姿は、いつ見ても無様よな」

男はリドリーに言う。

「本当はぶち殺して黙らせるつもりだったが……。法則ってやつか？　妙な力が働いて急所を狙えなかったぜ。解答者が謎かけ以外の要因で排除されるのを防いでいるらしい」

男はリドリーの体に銃を突きつける。

「俺に従いな。質問は俺が決める」

「誰がお前の言うことなんて……」

「もう少し痛い目に遭わなきゃわからないか？　今度は足に風穴を空けてやろうか。クク……殺せない分、楽しいことになるかもな。俺は女の悲鳴が好きだからよ」

「……君に従おう」

リドリーに選択肢などなかった。

「さて、謎かけに戻るか」

男は謎かけの内容を思い出す。

（旅人が人食いの怪物に追い詰められていた。なのに喰われなかった。どうやって乗り切ったか、だったかな）

最初に何の質問をするか、男は決めていた。

「こう聞くことにしよう。『その答えに超常現象は関わってきますか？』ってな」

もし超常現象が関わってきているなら、答えのパターンが無限大になってしまう。例えば『旅人が超能力で怪物をやり過ごした』などという解答が可能になってしまうからだ。

だが、リドリーは薄く嘲笑う。

「……センスがないな、その質問は」

「なんだと」

「聞く価値のない質問だと言っているんだ。超常現象が関わっている答えのはずない」

「ほう、何故そう断言できる」

「この星は謎かけにまつわる法則が支配している。謎かけの遂行に関して『絶対的な力』が働くようだ。だが、根本的に正答できない謎かけがその『絶対的な力』にあやかれるとは思えない。それは謎かけじゃないからね。何より……」

リドリーは頭上の怪物を見上げる。

怪物は地を這う虫けらを見るような目でリドリーたちを見下ろしていた。

「あの化け物の顔を見てみなよ。自分の謎かけに絶対の自信があるという顔だ。ナンセンスな解答で勝ちを誇るような低次元な奴ではないだろう。だから、この謎かけは『筋道を立てて考えれば正解できるのに、誰も正解できていない』と考えるべきだ」

怪物は自信ありげに嗤っている。それがリドリーの推理の正しさを証明しているように男には見えた。

「くっ……」

苛立った男はうっかりリドリーを撃ちそうになった。生意気な小娘は嫌いなのだ。

リドリーの言葉を無視して、意地になって先の質問をしそうになる。けれど、辛うじて思いとどまった。たった一度の質問の機会を無駄にするわけにはいかない。

「……なら、こう聞くか。『その旅人は、謎かけに答えることで窮地を乗り切りましたか』と」

謎かけを聞いた時、まずこう思った。状況が自分たちに似ていると。

ならば、その謎かけに出てくる怪物もまた、謎かけを出してくる怪物なのではないか。

つまり旅人は謎かけに正答して喰われるのを免れたのではないかと男は考えたのだ。

だが、リドリーは首を振る。

「その質問もナンセンスだ」

「なんだと」

「考えてごらん。その解答は、これまでの解答者全員が思いついたはずだ」

「そうだ。誰もが思いつく。だからこそ、誰もこの解答をしなかったのかも。こんな誰もが思いつく解答が正答であるはずがないと考えて……」

「周りを見なよ」

リドリーに言われて、男は周囲を見る。

砂漠のあちこちに白いものが埋まっている。

「宝に目がくらんで気付かなかったが……全部、骨だ。おそらく前の解答者たちだろう。喰われた解答者の数は十や二十じゃすまないはず。確率として……ありうるだろうか。それだけの数の解答者が、さっきの解答をしなかったなんてことが」

男はそこでやっと認めた。リドリーの方が自分より頭がキレることを。

なら、質問の内容はこの娘の意見を聞いて考えた方がいい。男は野蛮だが、ある程度の合理性は持ち合わせている。

「…小娘、お前ならなんて質問するんだ」

「そうだな……」

リドリーは思案してから言った。

「『怪物には旅人が見えていたか？』でどうだろう」

「なるほど、悪くねえ質問だ」

怪物が盲目なら、何らかの理由で旅人を逃してしまうこともあり得そうだ。

「質問はそれでよいか？」と怪物が確認をしてきたので、二人は頷いた。

男ではなくリドリーが問う。

「怪物には旅人が見えていたか?」

人食いの怪物は答えた。

「いいや、怪物に旅人は見えていなかった」

「よし……!」

怪物の答えを聞いて、男は踊り出したくなった。

(怪物には旅人が見えていなかった。これがわかったら、もう正解に至ったも同然じゃねぇか!)

男の頭脳が働き始めた。

(つまり怪物は盲目だったんだ。盲目の怪物が人を喰うなら、頼りにするのは触覚、聴覚、嗅覚。触覚か嗅覚が鋭敏なら旅人には打つ手がない。逆説的に、乗り切れるのは聴覚のみに頼っていた場合だけ)

そして男は見事、解答を導き出した。

(怪物は音を頼りに人を喰う生き物だったんだ。旅人は物音を立てないことで窮地を乗り切った)

答えがわかった時、男は思わずリドリーを見た。案の定、彼女の方も解答に至ったようで、ハッとした顔をしていた。

だから、男は焦りながら声を張り上げた。

「答えがわかった！　俺が先に答える！」

リドリーに答えさせるわけにはいかない。

怪物はこう言っていたのだから。先に正答した者の願いだけを叶える。残った者は喰うと。

怪物が男に言う。

「では男、答えるがよい」

解答権が自分にあると確定したことで、男はますます狂喜する。これで自分が生き残ったのも同然だ。

男は怪物に向かって、大声で告げた。

「答えはこうだ。『男は物音を立てないようにした』」

怪物は睥睨して、問う。

「それがお前の答えでいいな？」

「ああ、さっさと宝をよこしな」

途端、男の体に異変が起きた。

（う……動かねえ！）

まるで金縛りにでもあったかのように、全身が動かなくなったのだ。

それで男は直感した。

（ま、間違えたんだ）

謎かけに敗れたことで、星の法則が男を拘束したのだ。

（でも、ありえねえ。今のが誤答とはとても。他の解答があるとでも。いや、そんなはず。だって怪物は目が。聴覚しか）

「では」

怪物の手が男へと伸びてくる。そして、壊れ物を触るかのような手つきで男を掴んだ。死に抱かれ、男はもう考えることができなくなった。頭の中は真っ白だ。

「うわぁあああああああああああああ！」

男の体が持ち上がる。巨大な女の顔が、口づけをするかのように男へと近付いていった。

「やめてくれぇえええええええええええええ！」

ばき、ごり、ぐしゃ、じゅる。

怪物は艶めかしい微笑みを浮かべて、男を噛み砕く。

「ああ、うまい。うまい」

喉がごくりと動いて、男は女の腹に収まった。

「さて、謎かけを続けよう」

怪物はいやらしい目つきでリドリーを見下ろした。

「お前の答えは？」

「…………」

リドリーは黙ったままで動かない。

目の前の惨劇に、何より正答に違いないはずの解答が間違っていたことに呆然としているようにワタリには見えていた。

（リドリー、もう解答が思いつかないんだ）

無理もない。傍から聞いていても、さっきの男の答え以外の正解があるとは思えなかった。

別の解答を探すにしても、もう質問する権利もない。

（……詰みだ）

怪物が顔をリドリーに近付けると、血腥い吐息が彼女の全身を撫でた。

「どうした、怖くて声も出ないか」

怪物はリドリーを嘲笑った。

「忘れるなよ。制限時間はあの日が沈むまでだぞ」

怪物の爪が差す方向には、傾いている日。

怪物は、リドリーから離れると今度はワタリへと近付いた。

動けないワタリの真上で、怪物の口が開いた。長くて赤い舌が、ワタリの顔を舐めた。

「ひっ……！」

ワタリはされるがままだ。

「ああ、可愛い。喰ってしまいたいほどに可愛い。今すぐ……」

透明の粘液がワタリの全身を濡らしていく。

「お前の相棒は、答えを口にする勇気すらないようだぞ。そんな女に命運を握られるなど哀れな娘だな」

舌に嬲られながら、ワタリは空を見た。

日が沈んでいく。ゆっくりとだが確実に。

ワタリは理解した。あの日が自分の命の刻限なのだ。

途端、強烈な恐怖がワタリを支配した。目の前で喰われた男の姿が蘇る。

痛そうだったな、苦しそうだったな。あんな風には死にたくない。

「リ……リドリー、助けて……」

ワタリは縋るような……けれど諦めている目つきで、リドリーを見た。

しかしワタリの言葉にすらリドリーは返事をしてくれない。沈黙を保ったままだ。

だが、
ワタリはあることに気付いた。

「リドリー……」

リドリーの目つきは、諦めている者のそれではない。

言葉こそ返さなかったが、その眼は言葉以上に雄弁に語っていた。

——私を信じろ、必ず勝つぜ。

だからワタリは怯えるのも諦めるのもやめた。

悍ましい舌が這う感触にも耐え、ただその時をじっと待つことにした。

ワタリは知っている。

(ああいう眼をしたリドリーは、必ず勝つんだから)

日が落ちていく。

どうしてか怪物が狼狽し始めた。

「馬鹿な。本当に答えぬつもりか。答えればまぐれで正答に至る可能性があるというのに」

それでもリドリーは答えない。

「死ぬぞ。お前も、お前の相棒も。喰われて、骨を砕かれ、肉を潰されて、血を搾られ、内臓を啜られて死ぬんだぞ」

日の半分が沈んだ。

怪物は脅すように再びワタリに顔を近づけた。

「怖かろう。間もなく死ぬんだぞ。泣き喚け。あの小娘に答えさせた方が身のためだぞ」

けれど、ワタリは微動だにしない。

リドリーを信じることにもう決めている。

万一、リドリーが間違えるとしても、彼女を信じて死ぬなら悔いはない。

日はほとんど沈んだ。

そこで怪物はリドリーに言う。その声音は明らかに焦り始めている。

「温情をかけてやる。もう一度だけ質問を許そう。黙られたままではつまらんのでな」

怪物の言葉を無視するかのようにリドリーは目を閉じた。口を開く様子はない。

まるで物音を立てないことで怪物をやり過ごそうとしているかのようだった。

ついに日が沈む瞬間、

「あの女……あの、あの女……」

怪物必死の形相では叫んだ。

「あの女に喋らせろぉおおおおおおおおお!!」

日が沈んだ。沈む間際、美しい紫の光が砂漠を照らした。

完全に沈み切って、薄闇が砂漠を満たしてから、ようやくリドリーが口を開いた。

「……私は意地が悪くてね。謎かけを作る時は、どうやったら相手に誤答させられるかを最初に考えるんだ」

怪物は憎悪のこもった表情でリドリーを睨んでいる。

「謎かけの答え自体は、さっきの男の答えが正しいんだろう。けれど、だからこそ不審に思った。誰も正答できていない謎かけというから身構えていたのに……この謎かけは大して難しくないじゃないか。だから、考えた。この謎かけでどうやれば解答者全員に誤答させられるかを

「……」

私ならこうするとリドリーは続ける。

「解答者全員に共通する行動……その行動を取ること自体を誤答にできたら。そう考えた時に本当の謎が解けたんだ」

化け物は追い詰められた表情をしているが、ワタリには何が何だかさっぱりわからない。

「思い出してほしい、この謎かけの文言を。『旅人が窮地を乗り切った方法を示せ』だ。『答えろ』とは言われていない」

ワタリがハッとする。

「まさか……」

「『示せ』という言い回しが罠なんだ。解答を口にすること自体が誤答。旅人は物音を立てないことで窮地を乗り切ったんだからね。喋った時点で答えを『示す』ことには失敗しているんだ。なら、態度で沈黙を『示す』しかない」

実に狡猾で、そして卑怯な謎かけだとリドリーは思った。

この謎ときは敢えて簡単にしてあるのだ。正答に至ったとぬか喜びした解答者が、迂闊にそれを口にできるように。

制限時間が設けられていたのは解答者が沈黙を態度で示せるように——制限時間がなければ解答者が『沈黙』という解答を態度で示す手段がなくなるから——だろうが、この怪物はその時間さえも利用して解答者を怯えさせて、答えを口に出させようとする。

無論、焦って答えれば誤答だ。

この謎かけは、答えることそれ自体が誤答になるように逆算して作られているのだから。

「き……貴様……よくも……よくも……」

化け物は狂乱を始めた。だがリドリーは意に介さない様子でワタリの下へ歩いていく。

「ぐ……うぁあああああああああ！」

怪物はリドリーに襲い掛かった。巨大で鋭い爪が、リドリーを引き裂こうとした。当たれば華奢なリドリーなどひとたまりもない。リドリーには怪物の攻撃に抗うだけの力もない。

けれど、リドリーは怯えない。一瞥すらしない。

あの怪物が自分を傷付けられないことはわかっている。

振るわれた爪は、リドリーに当たる寸前で静止した。

この星の法則が、リドリーを守り、怪物を戒めていた。

謎かけの敗者は、この星では何の力も権利も与えられない。

「君にはプライドがないのか。知恵比べで負けたからと暴れ出すなんて、見苦しいよ」

その言葉で、怪物は沈黙した。まるでリドリーの言霊が怪物を支配したかのようだった。

リドリーがワタリの手を摑み、引っ張って立たせる。そして無事な腕で抱き締めた。

「怖い思いをさせてごめんね」

「ううん。大丈夫。最初は怖かったけど、途中から信じてたから」

「ふふ……」

リドリーは小物入れから馬車を取り出す。二人はこの星を後にした。

星を脱出して銀河を渡る。

馬車の中で、ワタリはリドリーの傷を手当てし始めた。

応急キットで処置を行いながら、人食いの怪物がいた星を二人は車窓から眺めていた。

「結局、少しの財宝も手に入らなかったね……」

「かまわないさ。一番の宝物は守ることができた」

星を見つめるリドリーに未練はない。

その時、その星からみしりという音が聞こえた気がした。

「あっ」

ワタリが声をあげる。

突如、怪物がいた星に亀裂が入ったのだ。

次の瞬間には、その星が砕けて散っていた。

バラバラになった星の欠片(かけら)が宇宙の闇へと散らばっていく。

「いったい何が……」

「砕かれたのさ、あの怪物のプライドと共に」

あの怪物の言葉がリドリーの脳裏に蘇る。

——無知なる者に生きている価値などない。

一度も解かれたことのない謎かけが解かれたこと。

それは謎の星にとっては文字通り致命的だったに違いない。

甘の星

「ああああああああああああああああああああぁぁぁぁぁぁ――――っ！」

銀河を航行する馬車の中、リドリーの絶叫が響き渡った。

続けて深く頭を抱え込む。「私としたことが……」

隣の席に座っていたワタリがおずおずと声をかけた。

「ど……どうしたの？」

「何でもない……」

「何でもないわけないじゃない。いつも冷静なリドリーが叫ぶなんて、相当なことでしょ」

ワタリが心配そうにリドリーの顔を覗き込んだ。

「話してよ。私達に隠し事はなしだよ」

「話せない」

リドリーは断固として譲らなかった。

「ワタリにだけは話せない」

その言葉でワタリは悲しそうに顔を伏せた。

「そっか……。ごめんね、力になれなくて」

「君が謝るようなことじゃない。むしろ謝るべきは……」

リドリーは親指の爪を噛む。相当に苛立っていた。

（……どうして忘れていたんだ）

リドリーは自分の不甲斐なさが許せない。

（今日はワタリの誕生日じゃないかっ！）

二人は毎年、互いの誕生日を祝っていた。地球にいた頃の風習をできるだけ大事にするのが、長い銀河旅行を続けるコツのひとつだった。

だが、リドリーが誕生日を失念するのも無理はないかもしれない。

宇宙には地球のような四季はない。星に降りればその星独自の季節が二人を迎える。今日が何月何日なのかという感覚は、旅をするほどに希薄になっていくのだ。

時計を見れば、ワタリの誕生日が終わるまであと十時間ほど。

（なんとしても調達せねばならない、ワタリへのプレゼントを）

すぐに近くの星を検索する。幸い一時間ほどの距離に、おあつらえ向きの星があった。

そこはかつて二人が降り立ったことのある星で、かつての地球に近しい文明レベルを有する星だった。残念ながら大気に微量の毒素が含まれていたので移住することは叶わなかったが、そこならばワタリへのプレゼントは調達できるに違いない。

「寄らなきゃいけない場所ができた」

リドリーが機械の御者に指示を飛ばす。

御者が鞭を打ち、馬車はその星へと向かった。

馬車がその星へ降り立った。

ワタリがリドリーに尋ねる。

「前にも来たことあるよね、この星」

「ああ……」

怪訝そうに窓から外を眺めているワタリの隣でリドリーはごそごそと何かを準備していた。

「じゃあ、なんでまたここに……」

ワタリの言葉はそこで途切れた。

リドリーが背後から襲い掛かってきたからだ。

「!?」

ワタリはリドリーのことを銀河で一番信用している。だから、まさか襲われるとは思っておらず、まったく反応できなかった。

「リドリー、何を……」

「騒ぐんじゃない」

リドリーは手に、濡れた布を持っていた。それをワタリの鼻と口にあてがっている。

刺激臭に脳が痺れる感覚。ワタリは急速に意識が遠のくのを感じた。

（く、薬だ……）

特殊体質であるワタリにはほとんどの薬品が効かない。だが、ごく限られた種類の薬は有効で、リドリーはそれを熟知している。リドリーはワタリを薬で昏倒させようとしているのだが、それが何故かワタリにはわからない。

ここでようやくワタリは抵抗を試みた。けれど、即効性のある眠り薬がもう全身に回っていたらしく、体に力が入らなかった。非力なリドリーを押しのけることすらできない。

「う……うぅ……」

ワタリの震える体が、少しずつリドリーに押し倒されていく。完全に覆いかぶさられた時、リドリーが低い声で囁くのが聞こえた。

「暴れるな……大人しくしろ……」

途切れそうな意識の中、ワタリは尋ねた。

「どうして……」

「邪魔なんだよ、君が」

リドリーは殺気めいた雰囲気を纏っていた。

「信じていたのに……」

それでワタリの意識は闇に堕ちた。

ワタリが眠りに落ちた後も、しばらくの間、リドリーは薬品で濡れた布をワタリの鼻と口にあてがったままだった。念には念を入れて、ワタリを深い眠りに落とそうとしていた。

（プレゼントを用意するところを見られるわけにはいかない）

五分ほど余計に薬品を吸わせた後、布をどかす。念のためワタリの頰を叩いてみたが起きない。ぐっすり眠っている。

「これで邪魔者は排除された」

達成感がリドリーの胸を満たす。

リドリーはワタリを馬車に置いて、外に出た。そして小物入れを取り出して、馬車を収納しようとした。

が、

「あれ……？」

小物入れがうまく作動しない。

「そうだ、壊れてたんだ」

別の星での戦闘のせいで小物入れは一時的に壊れてしまっていた。直すことは難しくないが、数時間はかかる。そんな時間は今のリドリーにはない。

（しかたない。馬車はこのままにしておくか）

馬車は特殊装甲に覆われており、今いる星の文明レベルでは破壊することはできない。つまり中にいるワタリは放っておいても安全ということである。

馬車にきっちりと施錠してから、リドリーは町に向かう。

「よし、プレゼントを買いに行こうか」

何を買うかは決まっている。

チョコレートだ。

誕生日にはワタリの大好物であるチョコレートを贈るのだ。

チョコレートはこの銀河では希少なのでいつもは入手に苦労するのだが、ここは天がリドリーに味方した。

（この星にはチョコレートを売っている店がある）

前にこの星に来た時、ワタリがその店のチョコを大人買いしていたからよく覚えている。

リドリーは町に赴き、その店でチョコレートを買ってくればいい。簡単な話だった。

だったのだが……。

「ない……。ないじゃないか！」

町に着いたリドリーは愕然とした。

かつてチョコレートの店があった場所は更地になっていたのだ。

「前に来た時はここに……」

立ち尽くしているリドリーに、この星の人間が声をかけた。

「チョコレートのお店ならなくなっちまったよ」

「ど……どうして……」

「銀河に進出するとか言ってたかなぁ。チョコレートで荒稼ぎするらしい」

「そ、そんな……」

リドリーは星人に縋りついた。

「どこか……どこか知りませんか、この近くでチョコレートが売っている場所を……」

「さ、さあ……俺はチョコレートに詳しいわけじゃないから……」

「後生です。どうしても必要なのです。どんな断片的な情報でもいいのです。教えてください
……！」

「うーんと……あ、そうだ」

星人は何かを思い出したようだった。

「そうだ、駄菓子屋があったはずだ。そこならチョコレートを売っているかもしれない」

リドリーの顔がぱっと明るくなった。

「その駄菓子屋はどこに！」

星人は山を指した。

「あの山のてっぺんにあるんだよ」

リドリーは狼狽えた。

「ど、どうしてそんな辺鄙なところに……」

星人が指差す山は木々に覆われている。とても商売に向いた立地には見えない。

「変わり者のばあさんが趣味でやってる店らしいからな」

そう言って、星人は去っていった。

リドリーは絶望的な顔をして山を見つめていた。

山のてっぺんにあるという駄菓子屋、馬車を山頂まで飛ばすのが一番簡単だろう。

けれど、木々で埋め尽くされた山には馬車が着陸できる場所があるように見えなかった。

ならば。

「歩いて登るしかないのか……？」

高い山ではない。人並みの体力があれば苦も無く山頂に辿り着けるだろう。

けれど、リドリーは頭でっかちな科学者だ。

生まれつき運動音痴で、運動不足で、体力がない。

リドリーは馬車に戻りたくなった。汗をかくのは嫌いだ。運動で喘ぐのも嫌だ。スマートじゃない。

（……事情をワタリに説明するか。それで後日プレゼントを渡す。ワタリなら許してくれるだろう）

もうそれしか手はない。肉体労働は美意識に反する。

リドリーは山に背を向けて、馬車に向かって歩き出した。

が、立ち止まる。

（……私はいつもこうだな）

なまじ科学の力の偉大さを知っているから、泥臭い行いを非効率的と馬鹿にしているきらいがある。

苦労しなくてもいいように、汗をかかなくてもいいように。

それが間違っているとは思わない。けれど、今だけは違うように感じた。

（私が本当にワタリのことを好きならば……）

今は汗をかくべきなんじゃないのか。プレゼントを誕生日に間に合わせるために。

（相方の年に一度の誕生日なんだぞ）

リドリーの脳裏には、馬車に置いてきたワタリの寝姿がよぎった。ぐっすりと眠っている顔。

あのあどけない寝顔で、ワタリは私のことを待っているんだ。

（いや、それは違うか。私が薬で眠らせたんだしな）

とにかく。

少しばかり頑張ってやろうかという気持ちになった。

「よし」

リドリーはぺちぺちと頬を叩く(たた)と、山に向かって歩き出した。

が。

「ああ、もう……暑い！　汗、気持ち悪い！」

すぐに後悔した。登り始めてすぐに汗が噴き出した。運動不足のせいだ。幸いにして山頂へは人が作った道が存在していたが、きちんと舗装された道に比べるとどうしても歩きづらく、ただでさえ少ないリドリーの体力を奪っていた。

「虫も出るし、服も汚れるし最悪だな……」

途中にある大きな石や切株（きりかぶ）に座って、休息を取りながら進んでいく。そうしなければ持たなかった。携帯していた水をがぶがぶ飲む。歩いている時間よりも、休憩している時間の方が長かった。

今も力尽きて、切株（きりかぶ）に腰を下ろしたところだった。

「足も痛い……。もう帰りたい……。やっぱやめとけばよかった……」

恨み言が次から次へと口を衝（つ）く。

慣れないことはするもんじゃないという後悔に見舞われていた。

「本当に嫌いだよ、運動なんて……」

でも、とリドリーは思い直す。

（ワタリはいつも、こういうことをしているんだよな）

いつも戦いで体を動かして、頑張ってくれているんだよな。

銃火器や刃物を手に飛んだり跳ねたりして、私を守ってくれている。

今、曲がりなりにも体を動かしてみて、思わず呟いた。

「ワタリって、やっぱりすごいんだなぁ……」

しみじみと思う。私はワタリに守られているのだ。

彼女がいなければ、自分はどこかの星でとっくに死んでいるだろう。

体を動かすことの大変さを痛感したから、ワタリへのありがとうという気持ちをいつもより強く感じた。

（だったら、今ぐらい踏ん張らないとダメだよな）

日頃の恩を返す意味でも、改めてチョコを贈りたいと思った。そうしたら後悔が少しだけ薄れて、疲れ切った足にも少しだけ力が戻ってきた。

リドリーは切株から立ち上がる。

細くて頼りない足が、坂道を登っていく。靴擦れがちょっと痛い。

けど、山を下ることだけはしなかった。

時計を見れば、ワタリの誕生日が終わるまであと四時間を切っていた。

（あまりゆっくりもしていられないな）

自分の足の遅さを考えればもうぎりぎりの時間だった。

「は……はぁ……はぁ……」

どうにか山頂に辿り着いた時、リドリーはどろどろになっていた。服も髪も、汗でびっしょりだったのだ。体力を使い果たして、目は虚ろ、足取りは幽鬼のようだった。その辺で拾った木の棒を杖にして、どうにか歩き続けた。

けれど、どうやら苦労した甲斐はあったらしい。

「あった……」

リドリーは泣きそうになった。目の前にあるのは確かに駄菓子屋だった。

店に入る。聞いていた通り、おばあさんが経営していた。

リドリーが息も絶え絶えに尋ねる。

「すみません、チョコレートをいただきたいのですが……」

「ん」

不愛想なおばあさんが差したのは小さな小さなチョコレートだった。かつての地球で十円で売られたものに似ている。

しかもひとつだけ。

「あの……これ以外にもチョコレートがあればいただきたいのですが」

「それしかないよ。宇宙人が買い占めていっちまったからね」

眩暈がした。いつのまにチョコレートは宇宙的大人気商品になっていたのか。

（ワタリならチョコレートというだけで喜んでくれることは間違いないが……）

せっかくならもっと見栄えのいい贈り物をしたいのに。

狼狽えているリドリーに、おばあさんは鼻息荒く言う。

「文句があるなら買わなくていいよ。趣味でやってる店だからね」

「くっ……」

不服だが、ないものはないのだから仕方ない。

「このチョコレートをください」

リドリーは小さなチョコレートを一つ買って、あとは水分補給のためのジュースをたくさん買って、それを飲みながら山を下りた。

山を下り、町を歩き、馬車へと向かう。

「はぁ……は……ぜぇ——死、死んじゃう……」

リドリーの足元はおぼつかなかった。こんなに体を動かしたのはいつぶりだろう。数日後にやってくるだろう筋肉痛が怖い。目に汗が流れ込んできて染みる。視界も霞んでいる。だから馬車が見えてきた時は歓喜にむせび泣きそうになった。もう一歩だって歩けない。さっさと馬車で休みたい。

リドリーは懐中時計で時間を確認した。誕生日が終わる五分前だった。

ギリギリだ。だが、どうにか間に合った。

「ふふ……やってしまえばできるのさ。私は天才だからな……」

ささやかな達成感にほくそ笑む。

ポケットに入れていたちっぽけなチョコレートを取り出した。

そろそろワタリが目覚める頃だろう。そうしたらこのチョコレートを渡そう。喜んでくれるといいのだが。

リドリーは馬車の扉を開けた。

「あっ、おかえりリドリー」

ワタリの声がリドリーを出迎えた。たった今目覚めたという様子ではなかった。

（薬が思ったより早く切れたみたいだな）

どうやらワタリの強靭（きょうじん）な肉体によって、リドリーの薬はいささか早く分解されたようだ。

ワタリの様子を見るに、一時間以上前に薬は切れていたらしい。

まあ、それはいい。

問題なのは……。

リドリーの視線は、ワタリの周囲に散らばる物体に向けられていた。

「なんだい、君の周りに散らばっているものは」

間違いない。見間違えようもない。

「何って、チョコレートだよ」

ワタリの周囲にあるのは、チョコ、チョコ、チョコ。

チョコ、チョコ、チョコチョコチョコチョコチョコチョコチョコチョコチョコ!!

たくさんのチョコレートだった。

「どうやって手に入れた……」

「馬車が停めてある場所の裏手に、チョコレートのお店があったんだ。最近できたお店みたいだったよ。リドリーが戻ってきたら一緒に食べようと思って、買っておいたの」

ワタリは嬉しそうにしていた。

「やっとわかったよ。リドリーがどうしてこの星に来たのか。私の誕生日だから、チョコレートを食べさせようとしてくれていたんだね」

「は、はは、ははは……」

リドリーを強烈な立ち眩みが襲った。気が遠くなって、全身から体から力が抜けていく……。

よりにもよって馬車を停めた場所の裏手にチョコレートの店があったなど。一刻も早くチョコレートを買うことばかりを考えていたせいで周囲の状況をよく見ていなかったのだ。

「なんだったんだ……私の山歩きは……」

座り込んだリドリーは灰のように燃え尽きていた。

脱力した手から小さなチョコレートが転がり落ちた。

ワタリはそれを摘まみ上げて、リドリーの顔と見比べながら言った。

「リドリー、まさか……」

汗でドロドロでボロボロのリドリーと、小さなチョコレート。その組み合わせを見て、ワタリはリドリーが何をしてきたのかおおよその見当がついた。

「笑いたきゃ笑いたまえよ」

「私のために……」

ワタリはぐったりしているリドリーの体を抱き寄せた。熱い胸の高鳴りを感じると同時に、どうしようもなくリドリーのことが愛おしくなっていた。

「離したまえ。山歩きしてきたんだ。汚いよ」

「うん。汗の匂いがする」

「だったら……」

「だから、もう少しこうしていたい」

リドリーから汗の匂いがするなんて、こんなに珍しいことはない。

あの運動が大嫌いなリドリーが、汗をかきたくないリドリーが、自分のために頑張ってくれたことがワタリにはとても嬉しかった。

ワタリは小さなチョコレートの包装を剝く。そして口に放り込んだ。お店で買ったどのチョコレートよりも甘くて、頬が落ちそうだった。

「すごく甘い」

こんなにおいしいチョコレートを食べたのは生まれて初めてだ。

ワタリの幸せそうな顔を見て、リドリーは報われたのを感じた。どうしてかはわからないが、自分の苦労は無駄ではなかったらしい。

リドリーは薄く微笑(ほほえ)んで言う。

「そうかい」

不思議と全身の疲れも引いていく。山歩きはすごく辛(つら)かったけど、頑張ってよかったと思う。

ワタリに抱きしめられたまま、リドリーは優しい声で言った。

「誕生日おめでとう、ワタリ」

お祝いの言葉を告げると共に日付が変わった。

精の星

　二人が降り立ったのは小さな星だった。

　人間の活動できる環境で、背の低い草木が生い茂っていた。けれど、どうにも最果ての土地という印象がぬぐえない。緑こそ多いが周辺には知的生命体は住んでいないように見えた。だからリドリーは降り立ってすぐに見切りをつけた。

「未開の地かもしれない。住むのは難しいかもな」

　言って、馬車に乗り込もうとした。

「ねえ、リドリー」

　それをワタリが制した。

　ワタリは遠くにある青々とした山の一つを指差していた。目のいい彼女にはあるものが見えていた。

「おうちがあるよ」

　確かに家はあった。小さくて簡素な小屋で、周囲にはいろんな花が咲き乱れている。けれど、自然のまま好き勝手に咲いているのとは違うようだ。花は一定の調和とルールの下に咲いている。

「明らかに人の手が入っているね」

ならば、この小屋も打ち捨てられたものではあるまい。きっと人が住んでいる。

リドリーが扉を叩(たた)き、声をかける。

「ごめんください。どなたかいらっしゃいますか？」

ここがどんな星なのか、現地の星人(せいじん)から話を聞きたいとリドリーは考えていた。

「は～い」

と返事が返ってきた。微(かす)かに足音も聞こえてくる。

少し待つと扉が開けられた。

「どなた？　こんな田舎へ」

異星人が二人を出迎えた。雰囲気でなんとなく女性だろうと思った。丸々としたフォルムの異星人で、全体的に肉厚といった感じだ。肉の奥に埋もれた小さな瞳が、柔和に微笑(ほほえ)みかけていた。

リドリーは挨拶をして、自分たちの事情を説明した。

「……というわけで私達は安住の星を探しているのです。よろしければこの星の住み心地を聞かせてもらえませんか？　現地の星人の方からお話を伺いたいのです」

「あら、私はこの星の人間じゃないわよ。滅んだ星からの移民なの」

その女性はリドリーたちと似た境遇でこの星にやってきたようだ。

「でも、住み心地を話すことはできるわね。もう何年もここに住んでいるから」

異星人の女性はにこやかに微笑んだ。

「中へどうぞ。ちょうどお話の相手が欲しかったところよ。お茶でも飲んでいって」

二人は女性の厚意に甘えることにした。

見た目通り、狭い家屋だった。あちこちの部屋に花瓶や植木鉢があって、花が飾られていた。

壁には数枚の家族写真と思われるものが画鋲で留めてある。さっき出迎えてくれた女性が、娘と思しき星人と一緒に写っている。娘の姿は母とは似ていなかった。娘は丸い母とは対照的に洗練されたフォルムをしていた。魚を思わせる流線形の顔つきは、地球人のリドリー達から見ても美しい形状だった。

何より印象的だったのは吸い込まれるような白い肌だ。写真でここまで綺麗なら、実物はどれほどのものなのか。

二人が通された客間には丸テーブルと二つの椅子があった。

女性はワタリとリドリーに椅子に座るように勧めると、お茶の準備を始めた。

リドリーが壁の写真を見つめながら言った。

「ご家族がいらっしゃるのですね」

「ええ、娘と暮らしていたのよ」

「今はいらっしゃらないのですか？」

「娘は都に行かせたわ。嫁に出したの。この星の領主様の下へ」

「領主……。それがこの星の現地人でしょうか」

「そうね。この星に昔から住んでる種族よ。二足歩行の鰐みたいなの。移民である私達はこの星の人たちに歓迎されなかったのだけれど、領主様だけは違った。あの方は私と娘のことをもてなしてくださったのよ」

「素敵な領主さまですね」

「ええ、とても素敵。だから私は毎月、領主様のお屋敷に感謝の花を贈っているの」

それで二人はどうしてこの家にたくさん花があるのかを理解した。

「どれも美しい花ばかりです」

「前の星では花屋をやっていたからね。花を美しく咲かせることだけには自信があるわ。領主様も気に入ってくださってるみたいで、先日、返礼の品をくださったわ。これがそうなの」

言って、女性は棚の上に置かれた箱を手に取った。蓋を開けて、中身を見せてくれる。

「マグカップよ」

白いマグカップ。

「へえ、これが……」

取り出されたマグカップは不思議な色合いをしていた。なんだか見ていると不安になってくる白さなのだ。全体的にのっぺりとしていて意匠が凝らされた様子もない。

だが何よりおかしいのは形状だった。

「割れていますよ」

いや、欠けているという方が正確だろうか。両断されたように片側が欠けている。これではマグカップとしての役目は果たせまい。

女性はマグカップを箱にしまいながら言う。

「ちょっと事情があってね」

(割っちゃったのかな)

マグカップがしまわれる箱は妙に高級そうであることにリドリーは気付いた。領主からの贈り物だから大事にしているのだろうか。だが、それなら割れていることと矛盾する。……と思いはしたが、リドリーは言及しなかった。大切にしていたのに割ってしまうこともあるだろう。それに、リドリー自身もマグカップに大して興味があるわけではなかった。

「見て、これが次に贈るお花よ。とっても自信作！」

マグカップをしまった女性が指差したのは、ひときわ大きな花だった。植木鉢も大きくて両手で抱えるようにしなければ持てそうにない。軟弱なリドリーでは持ち上げることすらできないかもしれなかった。

植木鉢には百合(ゆり)のような花が咲いていた。花弁の色は見ていると悲しくなってくるような儚(はかな)

い白。けれど、香りは花の印象とは正反対に力強い。どうしようもなく生を感じさせるその匂いに、二人はうっとりした。

女性はほっとしたように呟く。

「よかった。あなたたちはこの香りが大丈夫なのね」

「え、大丈夫って？」

「……ほら、星人によって香りの感じ方は違うじゃない？」

「ああ、そういうことですか。とても魅力的な香りだと私は感じました。……この表現が正しいかわかりませんが……なんだか艶めかしいです」

何故そんな艶めかしい香りがするのか、女性は答えた。

「ふふ、花の精霊が宿っているからよ」

「花の精霊……」

リドリーは植木鉢の土の上に、白い粉が雪のように散らされているのに気が付いた。おそらく肥料だ。それが花の精霊の正体かもしれないなとリドリーは思った。

「花をここまで大きく育てられるなんてすごいです。さすが花屋さんですね」

「ありがとう。でも、困っていることがあって……」

女性は眉を下げながら、頬に手を当てた。

「思いのほか、大きく育ちすぎてしまったの。こんなに大きくなるなんて思わなかったわ。この大きさだと郵便屋さんが運んでくれないのよ。かといって、領主様のお屋敷は遠いから私が運んでいくこともできないし……」

そこでワタリが口を開いた。

「じゃあ、私が持っていきましょうか？」

知り合ったばかりの人間に対して、人見知りのワタリがこんな申し出をするのは珍しい。

だが、それには理由がある。ワタリにはこの女性の親心に感銘を受けていたのだ。

領主に花を贈るのは、娘を大事にしてくれていることへの感謝だけではないだろう。娘のことをこれからもかわいがってあげてくださいという……つまり娘のことを思う親心も混じっているのだとワタリは思ったのだ。だから、力になりたかった。

ワタリもまた親の愛を一身に受けて育った子だったから、花屋の女性が自分の親と重なっていたのである。

「いいの？ 領主様のお屋敷は遠いけれど……」

「大丈夫だよね、リドリー？」

「ああ」と言ってリドリーは頷いた。

「ちょうどその屋敷にはいかないといけないと思っていたからね。この星へ移住するか検討するには、どんな領主なのか知っておく必要がある」

「ありがとう。それじゃあ、お願いしようかしら」

「任せてください」

女性は花をお洒落な袋で包装した。それで花の香りは包装の中に閉じ込められた。

ワタリは大きな花を受け取る。

花は重かったが、力持ちのワタリにとっては問題にはならない。

二人は家を出る。去り際に、ワタリは女性に向かって言った。

「屋敷で娘さんに会ったら伝えておきます。お母様が元気にしていらっしゃったと」

女性は応えず、にっこりと微笑んでいた。

馬車に大きな花を載せ、領主の屋敷があるという都へ向かった。

屋敷の場所と特徴はさっきの女性から聞いている。

確かにかなり遠い場所にあったが、馬車ならばひとっとびだった。

ほどなく領主の屋敷に着いた。派手で大きな屋敷だから間違えることもなかった。大きな門の近くに馬車を降ろす。

屋敷の門はリドリーの身長の倍くらいの大きさで、威圧感があった。

二足歩行の鰐のような姿をした門番が二人ほど門の前に立っていた。この星の住人だろう。妙な形の鎧に身を包み、手には独特な形の槍を持っていた。

ワタリとリドリーが近付くと、門番はぎらつく眼で二人を威嚇した。

「止まれ。何者だ、お前たちは」

「怪しい者ではありません。贈り物を持ってきたのです。領主様の義母に当たる方からお花を預かってきました」

「領主殿の義母？　何を言っているんだコイツは」

門番は二人を笑った。

「領主様に義母などおらんぞ」

「そうなのですか？　まあ、とりあえず領主様にお目通しいただければと思うのですが」

「図に乗るなよ、異星人風情が。さっさと消えろ。でないと」

門番はリドリーとワタリに槍を向けた。

「痛い目に遭うぞ」

「こちらとしても花を預かってきた以上、何もせずに帰るわけには……」

門番とリドリーが口論していると、そこに別の人物が通りかかった。

「何を騒いでいるのかね？」

その人物の声を聞いた途端、門番たちは背筋を正した。

「はっ、領主様！　おかしな異星人が来ましたので追い返そうとしていたところでした」

「おかしな異星人？」

領主と呼ばれたその人物は、門番同様に二足歩行の鰐に似ていた。違うのは、身に纏う衣服が派手であることと、髭のような物が生えているところ、そして恰幅が良いところだ。

やってきた領主はワタリとリドリーを交互に見た。

リドリーは領主に向けて、恭しく挨拶をした。

「はじめまして。領主様の義母様より、お花を預かって参りました」

「義母……？　花？」

領主はリドリーの言葉を訝しみつつ、彼女の全身をまじまじと見つめてから言った。

「ああ、わかった。いつもの花だな。ええと、どうしたものかな」

領主はリドリーらに視線を注ぎながら思案し、そして言った。

「すまぬが部屋まで運んでくれるかね？」

「ええ、喜んで」

領主が屋敷の中へ戻る。花を抱えたワタリとリドリーがそれに続いた。

「門番がすまなかったね」

回廊を歩きながら領主は二人に謝った。

「嘆かわしいことに、この星で異星人は差別されているのだよ」

「無理もないことだと思います。見た目もこの星の方々と全然違いますし。地球人同士ですら、かつては肌の色の違いで差別を行っていたものです」

「異星人の見た目は醜いと言う者がこの星では多数派だ。だが、私は違うのだよ」

領主は熱を込めて語る。

「異星人の異質さに惹かれるのだ。特に若い雌個体の愛らしさは……もうたまらん！　ずっと眺めていられるくらいだ」

「はは、なるほど……」

領主の言葉は気持ち悪くはあったが、同時に異星人を妻にしたことについて合点がいった。ペット感覚なのかもしれないが、一応、異星人を好きではいるらしい。

「特に地球人は素晴らしい。初めて地球人を見た時、まさしく神の芸術品だと思った。こんなに愛らしいフォルムの生き物が存在していいのかと！　ハートを射抜かれたのだ。地球人の……艶やかな髪……しなやかな曲線美……大きな目……もうすごすぎ……たまらん……寝る時も……柔らかい肌……愛らしい寝顔……美しい……何度も思うのだ……時よ止まれと……」

リドリーは聞き流す。聞き流しながら思う。

（まあ……この溺愛ぶりなら、娘さんが奴隷にされているようなことはなさそうだな）

異星人を奴隷として扱う種族は少なくない。かつてワタリとリドリーも人身売買の集団に狙われてあわやという目に遭ったこともあった。けれど、悶えながら人間への愛情を語るこの領主からはそういう冷酷さは感じない。

ワタリがおずおずと領主に言う。

「あの……奥様にお目にかかることはできますか？　お母さんはお元気でしたとお伝えしたいんです」

「ああ、かまわないとも。私室にいるから案内しよう。ちょうど花もそこに飾るつもりだったのだ」

話をしているうちに、大きな扉の前に着いた。

「どうぞ、この部屋だ」

通された部屋は、先の女性の家がすっぽり入るのではないかという程に大きかった。

部屋には領主の収集品と思われるものがたくさん飾られていた。時計のような物や刀剣のような物が並んでいる。そのほとんどがワタリとリドリーにはよくわからない代物ばかりであった。

だが、一種類だけ二人にも見覚えがある品物があった。

「さて、この娘に用があったんだろう？」

それは鹿の壁飾りによく似ていた。鹿の首を剝製にしてかける装飾品。

二人の前にあるのは、それを異星人で作った物だった。

少女の上半身が、壁から突き出ている。裸体を反り返らせて、固まっていた。

無論、死んでいる。

その少女を二人は見たことがあった。

小さな家で見た写真。そこに映っていた少女だった。

窓から射す光を受けて少女はキラキラと輝いてきた。

白く、生気のない肌が輝いている。悲しいことに死んでいても美しかった。

「私は異星人の少女が大好きでね。この少女はババアから買ったのだ。妻としていい暮らしをさせてやると嘘を吐いてな」

ワタリは完全に絶句していた。

リドリーが悲しげに呟く。

「そういうことか……」

この領主は異星人の少女を愛している。それは確かだ。

だが、それは妻としてはおろかペットとしてですらない。

剝製として、コレクターアイテムとしてなのだ。

見渡せばここには他にもたくさんの異星人の死体があった。どれも剝製や装飾品として加工されていたが。

ワタリが静かな声で言う。

「あなたは……わかっているんですか」

大きな花を抱えているワタリ。その手に力がこもった。

「この花を贈った人は……あなたに感謝しているんですよ。娘の幸せを今も遠くから願っているんです。その気持ちをなんだと思って……」

「知らんよ。老いた異星人は嫌いだ。醜いからな」

領主は醜い薄ら笑いを浮かべる。

「つくづく馬鹿な親だ。娘は殺されているというのに、毎月花を贈ってくるのだ。あまりにも愚かだからこっちからも返礼の品を贈ってやったよ。娘の骨から作ったマグカップだ。洒落てるだろう？　馬鹿な母親のことだ。娘の骨と気付きもしないで、使っているんだろうな」

辛抱たまらんというように領主は高笑いをした。それでワタリの目に怒りの炎が灯った。

「許せない……！」

「許せないならなんだね」

領主が指を鳴らす。

すると部屋にたくさんの星人が入ってきた。みな、手に武器を持っていた。領主の私兵なのだろう。

「君たちも若くて美しい。是非、私に収集させてくれ」

門の前でリドリーとワタリを見た時、領主はこの二人もコレクションにしたいと思った。それで二人を屋敷に招き入れたのだ。逃げられない場所に誘い込んで殺すために。

領主は兵たちに命じる。

「かかれ。だが、できるだけ傷付けるなよ」

領主の合図で、私兵たちが一斉に二人に襲い掛かった。

新たなコレクションを手に入れようという領主の目論見は成功したに違いない。

怒りに燃える黒髪の少女がいなければ。

「ワタリ」

「うん」

ワタリは丁重に植木鉢を置くと、兵士の迎撃に当たった。

結論を先に書くならば、それは勝負にすらならなかった。

ワタリの圧倒的な戦闘力を前に、私兵たちは手も足も出なかった。

動き回るワタリに武器が届くことはなかった。ワタリの打擲や蹴りは途轍もない威力を持っていて、かすっただけで私兵の体を鎧ごと爆散させた。

あちこちで血の花が咲き乱れ、あちこちで臓物の種が飛び散った。

領主が狼狽を始める。

「な……な……」

十人以上いた兵士たちが十秒も持たなかった。

彼らはみな肉塊へ変わった。惨劇の中心にはワタリが佇んでいる。

兵士が倒れる。もがいたその手が、床に置かれていた花の包装を摑んだ。それで包装が破れて、白い花が露になった。

血の臭いよりも強烈な花の香りが部屋中を満たした。

血の海になった部屋の真ん中で、領主は恐怖のあまりへたり込んだ。

「き……き……」

領主の知る地球人はみなひ弱な存在だった。特に雌の個体は。

その雌の個体が、まさか単独で自分の私兵を全滅させるなどと。

「き、貴様……本当に地球人か……？」

ワタリは答えず、領主の下へ歩いていく。

「ぐ……」

悪夢のような光景を目の当たりにしたせいだろうか。領主は気持ちが悪くなってきた。

「うぐ……う……」

眩暈と吐き気が領主を襲った。足に力が入らなくなって、逃げることすらできない。

いつのまにかワタリが目の前に来ていた。

そしてその小さな手のひら……小さいけれど触れるものを容赦なく破壊するその手を、領主に近付けた。

「ひ……助けて」

領主が小さな悲鳴を上げ、血の海の中、後ずさる。

けれど、ワタリが止まることはなかった。

リドリーもワタリを止めたりはしない。

(こんな奴はここで死んでおくべきだ)

が、結局ワタリがその領主を殺すことはなかった。

「う……ぐ、があああああああああああ！」

突然領主が苦しみ始めたのだ。喉を掻き毟り、床を転げまわる。体中の穴という穴から体液が流れ出ていた。

「が、が、がが」

体液が溢れ出す。血が、涙が、液が。

領主はもがき苦しんだあと、干からびて死んだ。

二目と見られないような、無残で醜い死体と成り果てて。

「一体何が……」

戸惑う渡りの傍らで、リドリーが死体を見つめて思案する。

「まさか……」

領主の異様な死にざまを見て、リドリーは気付いた。

白くて大きな花が、芳しい香りを漂わせている……。

もうこの星に用はなかった。地球人への差別が根付いている星になど住めるはずがない。

そのまま二人は部屋を出て、屋敷(やしき)を後にし、馬車に乗り込んだ。

銀河を駆けながらワタリが尋ねた。

「どうして領主は急に死んじゃったんだろう」

リドリーは答えた。

「毒だ」

「えっ、毒を盛られてたってこと？　誰がどうやって」

「あの花だ。花の香りに猛毒が含まれていたんだ」

リドリーの手元には一輪の花がある。領主を殺した毒花だ。

興味を持ったリドリーが一輪だけ摘んで、機械で解析にかけたのだった。

「私達地球人にはたまたま作用しない成分だったがね」

「そ、それじゃあ……」

「ああ、あの母親は領主を殺すつもりで毒花を贈ったんだ」

リドリーは小屋で見たマグカップを思い出す。不気味な白さのマグカップを。

「きっとマグカップを受け取った時、すぐに気付いたんだろうね。これは自分の娘だって。その時から殺害計画を練り始めたに違いない」

けれど、とリドリーはつなぐ。

「本来は……この毒にあそこまでの即効性はないはずだが」

「じゃあ、なんであんなに強烈に作用したんだろう」

リドリーは遠い目をした。遠い昔に読んだ童話を彼女は思い出していた。

「……アンデルセンの童話にこういうものがある。死体を糧（かて）に育った薔薇（ばら）の精霊が、その死体のために復讐（ふくしゅう）する話」

欠けた白いマグカップ。

植木鉢の土に撒（ま）かれていた白い肥料。

あの花が何を糧（かて）に育ったのかなど考えるまでもない。

怨念めいた強さの香りの正体もまた。

「……あの花にも宿っていたんだろう、花の精霊が」

夏の星

銀河を馬車が駆けている。

二人は、またひとつ小さな星を見つけた。

灰色の殺風景な星だ。

ワタリがぼそりと言った。

「……期待はできそうにないね」

二人は新天地を求めて旅をしている。けれど眼下の灰色の星はとてもその期待に応えてくれるとは思えない。

それでも馬車は吸い込まれるように星へ向かう。

実際に降りてみないことにはどんな星かはわからないから。

星に到着した二人が扉を開ける。何もないことを確認してすぐに去るつもりだった。

なのに、
辺りの景色を見て、ワタリが目を見張って呟いた。

「ありえない……」

宇宙から見えたこの星は、灰色だった。近くに太陽に類似する星はなかった。

この星は、荒地でないとおかしいのに。
この星は、夏だった。
どこまでも抜けるような青い空。
足元に広がる緑の草地。
鼻を掠める、つんとした磯の香。
透き通った海は陽光を反射して、きらきらと輝いている。
水平線の向こうに見える背の高い入道雲。
「私の島……」
そこは、ワタリが生まれ育った島だった。
隣のリドリーが、バッグから眼鏡を取り出してかけた。
嬉しさと驚きに包まれているワタリとは違い、リドリーの目には警戒の色があった。
「ワタリ、ここは……」
リドリーの警告を遮って、ワタリが叫んだ。
「コガレ……!」
ワタリの前に、黒髪の少女がいた。
半袖に短いスカートから覗く足は健康的に焼けている。
少し吊り目なその少女は、纏う空気がリドリーに似ている。

少女、コガレはワタリに柔らかに微笑んで言った。

「お帰りなさい、ワタリ」


ワタリは、日本にある小さな島の出身だった。

何もない島だった。

ワタリが生まれたのは二十二世紀だが、その島は、二十一世紀……いや、下手をすれば二十世紀で時間が止まっていた。

けれど、ワタリはその島が好きだった。

何もなかったが、欲しいものは全部あった。

綺麗な風景があって、暖かな陽射しがあって。

親友がいた。

「懐かしい。よくこうやって釣りをしたっけ」

今、ワタリはコガレと一緒に波止場にいた。

腰を下ろして、釣りをしている。

ワタリは幸せそうに答えた。

「学校から帰って……何でもないことをお喋りしながら……魚が釣れるのを待ってた」

「ワタリはさ、今何をしているの？」

「星を回ってる。地球が住めなくなっちゃったから。リドリーっていう友達と一緒に……」

　この波止場にリドリーの姿はない。

「コガレこそ、どうしてこんな場所に？」

　沈黙が降りてきた。

　ワタリだって馬鹿ではないから、聞かなくてはいけないことがあるとわかっている。

「あの日……強烈な爆弾が落ちてきて、島を滅茶苦茶にした」

　美しかった海が、赤さびが浮いたように汚れたのを覚えている。

　白い入道雲は、不気味なキノコ雲に変わった。

　鼻をつくのはつんとした死の香り。

　青い空は二度と見られなくなって、血のような色合いの空に変わった。

「あの日、コガレも死んだよね」

　コガレは困り笑いを浮かべた。

「どうだろう。死んだ記憶はないんだよね。アツ……！　って思った後には意識が飛んでたから。次に意識が戻った時には、この島にいた」

　寂しかったんだ、とコガレは言った。

「この島にはどうしてかワタリだけがいないから。他のみんなはいるのに」

「それは……」

私だけが生き延びたから。

私以外は死んでしまったから。

「だから、ワタリが来てくれてすごく嬉しいよ」

屈託なくコガレは笑う。

あの夏に見た笑顔のままで。

ワタリの釣り糸が、くんと引っ張られた。

「引いてる。引いてるよ！」

釣竿を引く。

ミナミクロダイが釣れた。

この島では、この魚がよく釣れたことを思い出した。

クーラーボックスに魚がたまっていく。

「お、やってんな」

釣りをしているワタリとコガレの下に、男の子たちがやってきた。

小麦色の少年が、真っ白な歯を見せてにかっと笑った。

「おかえり、ワタリ」

他の少年たちも、ワタリにおかえりを言った。

「うん。ただいま」

ワタリは返す。

「早速で悪いけどよ、リベンジさせてくれよ」

男の子たちは手に水鉄砲を持っていた。

そのうちの一丁をワタリに手渡す。

「いいよ。やろう」

みんなで学校の校庭に向かった。

水鉄砲合戦を行うために。

「お前ら、油断すんなよ」

「おう」「わかってる」

男の子たちが陣形を組む。

チーム分けは、ワタリ一人VSワタリ以外全員だった。

「ファイ！」と審判のコガレが開始を宣言する。

「うおおおおおおおおおおお！」

小麦色の少年が先陣を切って、突っ込んでくる。

残りの男の子たちは、小麦色の少年のサポートに回っていた。

一斉掃射される水の弾幕。

ワタリに襲い掛かってくる水の噴射。

日差しを受けて、きらめいている。小さな虹が見えた。
水の銃弾を、全て、ワタリはかわす。
僅かに存在する安全地帯を見極めて、滑るように動く。男の子たちが驚愕し、焦る。
「やべえ！」
「マジかよ！」
「ありえねー！」
ワタリの手にも水鉄砲がある。
小さくて、射程の短い、極めてチープな水鉄砲だった。
男の子たちの持っているゴツイ銃に比べれば子供だましのような代物。
ハンデである。
男の子たちの至近距離まで近づいて、発砲する。
一人ずつ、確実に水を浴びせていく。
（引き金が軽い）
命を奪わない弾丸を撃つのは、ずいぶん久しぶりだった。
数分後には、男の子たちは全員ずぶ濡れになっていた。
ワタリはスカートの裾すら濡れた様子はない。
小麦色の少年が笑いながら悔しがる。前髪の先から水滴が滴った。

「ちくしょう。やっぱりつええな」

別の男の子が言う。

「昔より動きがよくなってるよ」

「うん。戦い続きの旅だったから」

おしゃべりをしながらみんなで駄菓子屋に行った。

敗者は勝者にかき氷を奢るのが決まりだった。

ワタリは抱えきれないほどのかき氷を男の子たちから贈られた。

食いしん坊のワタリは、飲み込むようにかき氷を掻っ込んでいく。

頭がキンと痛くなったが、食べる手は止まらない。

夏の味と、夏の匂いがした。

小麦色の少年が言った。

「相変わらずすげえ食べるなぁ」

男の子たちの服は、もう乾いていた。

この島は日差しが強い。

気付けば日が暮れていた。いつもの解散の合図だった。

小麦色の少年たちが手を振って去る。

「明日こそ勝つからな！」

いつもの別れの言葉だ。彼らが勝てたことは一度もないけれど。

それでワタリは家路につく。

家に帰る。

そう、私には家がある。

星なんか巡らなくても。

歩き慣れた道を行く。そして辿り着いた。

「ああ……」

一階建ての瓦屋根の家。磨りガラスの玄関扉。小さな庭。

引き戸がガラリと音を立てて動いた。

「おかえりなさい、ワタリちゃん」

出迎えたのは、母と父だった。

「お母さん、お父さん……」

ワタリはたまらず二人に抱き着いた。

夕食は豪勢だった。

母は、ワタリの大好きな唐揚げをたくさん用意してくれた。

ワタリは旅の話をした。

どんな話も母と父は楽しそうに聞いてくれていた。

夜になると、誰が玄関扉を叩いた。訪問客のようだ。

やってきたのはコガレだった。

「お泊まりさせてよ」

懐かしい。よくコガレは、ワタリの家に泊まりにきた。

「まだまだ話し足りないもの」

コガレは手に二本のサイダーを持っていた。一本をワタリに差し出した。

畳の寝室に、二つ布団を敷いた。

寝っ転がりながら、駄弁った。

コガレがワタリに尋ねる。

「彼氏、できた？」

「ええ、なんで……？」

コガレが持ってきてくれたサイダーを飲む。

爽やかな風味が口いっぱいに広がる。からんと鳴るビー玉の音が涼しげだった。

「だって旅をしてたんでしょ。色んな人と出会ったでしょ。行きずりの恋とかあったんじゃないの」

コガレは都会志向の強い少女だったことをワタリは思い出す。

「うーん、どうだろ……。多分、なかったかな……」

「なーんだ、つまんない。でも、それでいいかも」

言って、コガレはワタリの布団まで転がってくると、ワタリを抱きしめた。

「ワタリは私のものだもんね」

コガレは、ワタリの幼馴染だった。ワタリに友達ができたのも、コガレのおかげなのだ。

ワタリはうまく人と喋れない。コガレが自分の友達にワタリを紹介しなかったら、友達はできなかったかもしれない。楽しい日々は送れなかったかもしれない。

この島のワタリはいつだって、コガレに守られて生きていた。

コガレは自分の布団に戻ってしばらくすると、話し疲れて眠った。

ワタリだけが布団に身を横たえつつも起きていた。疲れているのに目が冴えていた。

夏の虫の鳴き声が聞こえる。

「ワタリ」

自分を呼ぶ声があった。外からだ。

そこにいたのは、眼鏡をかけたリドリーだった。

縁側から庭に出た。

「ここが、君の故郷なんだね。町を歩いてみたけど、良い場所だ」

「リドリーも気に入ってくれた？」

「うん。私もここは好きだ……。でも」

リドリーが目を伏せる。

「ねえ、ワタリ。私は君の道連れとして、君に降りかかる危機を払う責務がある」

「うん」

「今日まで、色んな星を渡ったね。危険な星が多かった。……幻想を見せてくる星もたくさんあった。脳波に干渉してきて幻覚を見せてくる星とか、いつのまにか眠らされていて夢を見させられている星とか」

「ここも……そうなんだね」

リドリーが眼鏡に触れる。彼女が今かけている眼鏡は、ただの眼鏡ではない。

リドリーが開発した特殊な眼鏡は、幻覚や幻想の類を看破する。

リドリーの目には、この星の真実が見えているはずなのだ。

「この夏は、私が見ている夢なの？　コガレ達は、私の見ている幻なの？」

リドリーが苦々しい表情をした。

「……だったら、楽だった。君に全てを打ち明けて、一緒に馬車で去ればいいだけの話だから」

リドリーは重たそうに口を開く。

「真実を告げるよ。コガレ達は幻じゃない。彼らは正真正銘の本物だ」

「え……？」

「魂というやつだ。生き物が死ぬと二十一グラムの重さが失われる。その失われた二十一グラムが辿り着くのが、この星らしい。訪れた者にゆかりのある魂が歓迎してくれるようだ。私も最初は、私の過去に出迎えられた。今は眼鏡の度数を調整して、君の過去に合わせているがね」

眼鏡の度数調整に、半日かかった。だから昼間、リドリーはワタリの前に現れなかったのである。

「そんなことが……」

「ある意味では、この星はワタリの求めた居場所なのかもしれない。銀河を渡り歩いても、ここ以外の星で死んだ人たちに再会できることはないだろう。いや、人だけじゃない。言ってしまえば、島の魂が君を出迎えている。……ただ、ここに残れば君は死ぬ」

「どうして」

「簡単な話だ。飢え死にするんだ。ここにある食べ物も飲み物も、全て魂でしかない。魂を食べても栄養は得られない。……だから、私としては君にこの星には残ってほしくないわけだが……」

リドリーは迷いながらも言った。

「でも、君が望むなら私は一人でここを発とう。私達は居場所を求めてさまよう渡り鳥。それは死に場所を探しているのと同義だ。私達の旅は、骨を埋めてもいいと思える星を探す旅。君にとってこの星以上にうってつけはない」

「リドリーは、残らないの？」

「私の思い出は、振り返って楽しいもんじゃない」

沈黙が降りてきた。

「明日の朝に、私はここを発つ。できることならもっと猶予を与えてあげたいけど……衰弱していくワタリを見るのは私には耐えられない」

それでリドリーは庭を去った。

しばらくワタリは縁側にいたが、やがて寝室に戻った。

コガレがこちらに背を向けて布団の上に横たわっている。

気配で起きているのがわかった。

「彼氏と話してきたの？」

「……彼氏なんていないって」

「私、嫌だよ。ワタリがいなくなっちゃったら」

コガレは相変わらずこちらに背を向けている。

けれど、泣いているのがワタリにはわかった。

声が上ずっている。

「だって、やっと会えたんだよ。ずっと待ってたの。またみんなで楽しく暮らそうよ。釣りして、水鉄砲して、アイス食べて、サイダー飲んで。ワタリだって、この島が好きでしょう？」

「うん。大好きだよ。コガレのことが、みんなのことが、この島のことが大好き」

「だったら……」

「でも、私、好きな人ができたんだ」

コガレは黙った。

「コガレに似ている人なんだよ。顔は似てないんだけど、雰囲気が。最初は、コガレだと思ってついていったくらい」

「その人のこと、私よりも好きなの？」

「比べられないよ」

「……やっぱり、彼氏ができたんじゃん」

コガレは、体にかけていたタオルケットを胸の前でぎゅっと抱きしめた。

「ワタリなんて知らない」

ワタリはそっとコガレに近付いた。

そして、コガレと同じ布団で眠った。

夏の夜は、蒸し暑かった。

夜が明ける少し前にワタリは家を出た。

島を出ることは、誰にも言わなかった。

港にリドリーがいた。白い波が寄せて、弾ける音がしていた。

リドリーの傍らにある馬車型の宇宙船は、この島の情景に全く溶け合っていない。

やってきたワタリを見て、リドリーは言った。

「後悔しないね？」

リドリーは頷いた。

「二人で始めた旅だもの。終わる時も二人だよ」

ワタリが一歩、リドリーへと踏み出す。

「一緒に住める星を探そう」

最後にワタリは島を見つめた。

島の景色を、心に刻むために。

「うん。もう大丈夫。行ける」

二人が馬車に乗り込んだ。

機械の御者が鞭を打つ。機械の馬が港を蹴って、上空へと飛び立った。

その時だった。

「ワタリ！」

誰かの叫び声が聞こえた。

車窓から見下ろせば、コガレがいた。

走って追いかけてきたのだろう。肩で息をしている。

コガレは上空のワタリに向かって叫んだ。

「ワタリ、いってらっしゃい」

ワタリは車窓から身を乗り出した。

「コガレ……」

見れば、コガレの後ろからたくさんの人がやってくるところだった。

島の人たちだった。

小麦色の少年、男の子たち、ワタリの父と母。

ここに来る途中で、コガレが声をかけたのだ。

ワタリが島を出るから、見送ってほしいと。

馬車に向かって、みんなが叫ぶ。

「またリベンジさせろよな」

「次こそ勝つ！」

「東京行っても元気でなー」

「ちゃんとご飯食べるのよ」

馬車から、小さな水滴が宝石のように落ちていった。

「みんな……みんな……」

ワタリの声は上ずっていた。何か言いたいのだが、言葉にならない。

隣のリドリーが言う。

「彼らはやっぱり本物だね。幻覚や偽物なら、見送ったりしないだろう」

上昇する馬車の中で、ワタリは叫んだ。

「またね。みんな、またね」

どうにか言葉にできたのは、それだけだった。

ちょうど夜が明けた。

水平線の向こうから丸い太陽が顔を覗かせ、みんなを照らした。

明け色の日差しが目に染みて、眩しい。

馬車は上昇し、みんな見えなくなった。

島も見えなくなった。

宇宙へと出る。

青い島は、灰色の星に戻っていた。

馬車は新たな星を目指して、銀河を駆ける。

ワタリはもう振り返らなかった。

島の人たちも最後にまたねと言っていたのが、彼女の耳には届いていた。

「さあ、行こう。旅を続けよう」

全ての旅を終えて、眠りについた時。

私は、きっとこの夏に戻ってくるのだろう。

あとがき

こんなに楽しい原稿は初めてです。

『少女星間漂流記』は電撃ノベコミ+というサイトでの連載から始まったお話です。会社員・学生が通勤・通学の間にサクッと読めるものという要件でスタートしました。具体的に言うと、一話につき一万字以下という縛りがありました。

けれど、これが私には却って助かった。

もとより私は長編よりも短編を書く方が好きなのです。多分、短編の方が得意なのではないかとも思っています。短い文章の中で起承転結を作る作業は一日一本書いたとしても苦になりません。いえ、それは少し言いすぎですね。一週間に一本くらいならば苦も無くこなせます。

私は『少女星間漂流記』を永遠に書き続けて生きていきたいと思っています。それくらいにワタリとリドリーの旅を書くのは楽しいのです。

でも、作り手が楽しいと思っているものほど世間の評価は乖離しがちなんですよね……。

というわけでこれを読んでくださっているあなたにお願いです。

どうか私にこの物語を永遠に書き続けさせてください。

具体的に何をしていただこうと思っているのかをお話しします。

まずはこの一巻をお買い求めください。そうすると二巻が発売されます。

二巻をご購入いただくと三巻も出ます。三巻が出れば四巻も。以降はその繰り返しです。

あなたが『少女星間漂流記』をご購入くださる限り、私はこの話を書き続けることができるのです。

そしていつかあなたが天寿を全うされる時は、あなたのお子様に「『少女星間漂流記』の最新巻は必ず買うように」と遺言してください。そしてその遺言を末代まで伝えるようにしてください。あなたのお孫さんも曾孫さんも『少女星間漂流記』の最新巻を買い続けるのです。

そうして『少女星間漂流記』が永遠になりますと、当然の帰結として作者も永遠になります。なにせ作品を書いているわけですからね。病気や老化はもちろん、死さえも超越するでしょう。

私は永遠に『少女星間漂流記』を書き続けます。最新巻が買われ続ける限り。

やがて人類は滅ぶでしょう。隕石の衝突により昆虫以外の生物が全て滅ぶでしょう。太陽は爆発するでしょう。ビッグクランチが起きて世界が暗黒エネルギーに飲まれて無になるかもしれません。物質はおろか時間という概念すら消え去るでしょう。

それでも私は永遠なのです。『少女星間漂流記』が買われる限りね。

ところで時間という概念がなくなるとどうなるかお話しします。過去と現在と未来が一緒になるのです。ですので実は私は今、はるかな未来からこのあとがきを書いています。全てが無になった世界からです。おかげさまで『少女星間漂流記』の巻数は現在十の約三十七澗乗に達しました。それもこれもあなたがあの時、本作を買ってくださったからです。

『少女星間漂流記』をお買い上げいただき、誠にありがとうございました。

◉東崎惟子著作リスト

「竜殺しのブリュンヒルド」（電撃文庫）
「竜の姫ブリュンヒルド」（同）
「クリムヒルトとブリュンヒルド」（同）
「少女星間漂流記」（同）

本書に対するご意見、ご感想をお寄せください。

ファンレターあて先
〒102-8177　東京都千代田区富士見 2-13-3
電撃文庫編集部
「東崎惟子先生」係
「ソノフワン先生」係

読者アンケートにご協力ください!!

アンケートにご回答いただいた方の中から毎月抽選で10名様に「図書カードネットギフト1000円分」をプレゼント!!

二次元コードまたはURLよりアクセスし、
本書専用のパスワードを入力してご回答ください。

https://kdq.jp/dbn/　パスワード fhymc

●当選者の発表は賞品の発送をもって代えさせていただきます。
●アンケートプレゼントにご応募いただける期間は、対象商品の初版発行日より12ヶ月間です。
●アンケートプレゼントは、都合により予告なく中止または内容が変更されることがあります。
●サイトにアクセスする際や、登録・メール送信時にかかる通信費はお客様のご負担になります。
●一部対応していない機種があります。
●中学生以下の方は、保護者の方の了承を得てから回答してください。

本書は、「電撃ノベコミ+」に掲載された『少女星間漂流記』を加筆・修正したものです。

この物語はフィクションです。実在の人物・団体等とは一切関係ありません。

電撃文庫

少女星間漂流記（しょうじょせいかんひょうりゅうき）

東崎惟子（あがりざきゆいこ）

2024年3月10日　初版発行

発行者　山下直久
発行　株式会社KADOKAWA
〒102-8177　東京都千代田区富士見2-13-3
0570-002-301（ナビダイヤル）
装丁者　荻窪裕司（META＋MANIERA）
印刷　株式会社暁印刷
製本　株式会社暁印刷
※本書の無断複製（コピー、スキャン、デジタル化等）並びに無断複製物の譲渡および配信は、著作権法上での例外を除き禁じられています。また、本書を代行業者等の第三者に依頼して複製する行為は、たとえ個人や家庭内での利用であっても一切認められておりません。

●お問い合わせ
https://www.kadokawa.co.jp/（「お問い合わせ」へお進みください）
※内容によっては、お答えできない場合があります。
※サポートは日本国内のみとさせていただきます。
※ Japanese text only

※定価はカバーに表示してあります。

©Yuiko Agarizaki 2024
ISBN978-4-04-915137-4　C0193　Printed in Japan

電撃文庫　https://dengekibunko.jp/

電撃文庫DIGEST　3月の新刊　発売日2024年3月8日

第30回電撃小説大賞《金賞》受賞作

新作 **蒼剣の歪み絶ち**

著／那西崇那　イラスト／NOCO

この世界の《歪み》を内包した超常の物体・歪理物。願いの代償に人を破滅させる《魔剣》に「生きたい」と願った少年・伽羅森迅は、自分のせいで存在を書き換えられた少女を救うため過酷な戦いに身を投じる！

リコリス・リコイル
Recovery days

著／アサウラ　原案・監修／Spider Lily
イラスト／いみぎむる

千束やたきなをはじめとした人気キャラクターが織りなす、喫茶リコリスのありふれた非日常を原案者自らがノベライズ！TVアニメでは描かれていないファン待望のスピンオフ小説をどうぞ召し上がれ！

アクセル・ワールド27
-第四の加速-

著／川原 礫　イラスト／HIMA

加速世界《ブレイン・バースト2039》の戦場に現れた戦士たち。それは第四の加速世界《ドレッド・ドライブ2047》による侵略の始まりだった。侵略者たちの先鋒・ユーロキオンに、シルバー・クロウが挑む！

Fate/strange Fake⑨

著／成田良悟　原作／TYPE-MOON
イラスト／森井しづき

女神イシュタルを討ち、聖杯戦争は佳境へ。宿敵アルケイデスに立ち向かうヒッポリュテ。ティアを食い止めるエルメロイ教室の生徒たち。バズディロットと警官隊の死闘。その時、アヤカは自らの記憶を思い出し――。

幼なじみが絶対に負けないラブコメ12

著／二丸修一　イラスト／しぐれうい

群青同盟の卒業イベントとなるショートムービー制作がスタート！　その内容は哲彦の過去と絶望の物語だった。俺たちは哲彦の真意を探りつつ、これまでの集大成となる映像制作に邁進する。そして運命の日が訪れ……。

豚のレバーは加熱しろ（n回目）

著／逆井卓馬　イラスト／遠坂あさぎ

この世界に、メステリアに、そしてジェスと豚にいったい何が起こったのか――。“あれ”から一年後の日本と、四年後のメステリアを描く最終巻。世界がどんなに変わっていっても、豚と美少女は歩み続ける。

わたし、二番目の彼女でいいから。7

著／西 条陽　イラスト／Re岳

早坂さん、橘さん、宮前を“二番目”として付き合い始めた桐島。そんなある日、遠野は桐島の昔の恋人の正体に気づいてしまい……。静かな破綻を予感しながら。誰もが見て見ぬふりをして。物語はクリスマスを迎える。

君の先生でもヒロインになれますか?2

著／羽場楽人　イラスト／塩こうじ

担任教師・天条レイユとお隣さん同士で過ごす秘密の青春デイズ――そこに現れたブラコンな義妹の輝夜。先生との関係を疑われるし実家に戻れとせがんでくる。恋も家族も諦められない!?　先生とのラブコメ第二弾！

青春2周目の俺がやり直す、ぼっちな彼女との陽キャな夏2

著／五十嵐雄策　イラスト／はねこと

『あの夏』の事件を乗り越え、ついに安芸宮と心を通わせた俺。ところが、現代に戻った俺を待っていた相手はまさかの……!?　混乱する俺が再びタイムリープした先は、安芸宮が消えた二周目の高校一年生で――。

飯楽園-メシトピア- II
憂食ガバメント

著／和ヶ原聡司　イラスト／とうち

メシトピア計画の真実を知り厚労省の手中に落ちた少女・矢坂弥登。もう、見捨てない――夢も家族も、愛する人も。そう全てを失った少年・新島は再び“社会”に立ち向かうことを決意する。

新作 **少女星間漂流記**

著／東崎惟子　イラスト／ソノフワン

馬車型の宇宙船が銀河を駆ける。乗っているのは科学者・リドリーと、相棒のワタリ。環境汚染で住めなくなった地球に代わる安住の星を探す二人だが、訪れる星はどれも風変わりで……二人は今日も宇宙を旅している。

新作 **あんたで日常（せかい）を彩りたい**

著／駿馬 京　イラスト／みれあ

入学式前に失踪した奔放な姉の代わりに芸術系女子高に入学した夜風。目標は、姉の代わりに「つつがなく卒業」を迎える事。だが、屋上でクラスメイトの橘棗と出会ってしまい、ぼくの平穏だった女子高生活が――!?

新作 **プラントピア**

著／九岡 望　イラスト／LAM
原作／Plantopia partners

植物がすべてを呑み込んだ世界。そこでは「花人」と呼ばれる存在が独自のコミュニティを築いていた。そんな世界で目を覚ました少女・ハルは、この世界で唯一の人間として、花人たちと交流を深めていくのだが……。

第28回電撃小説大賞
銀賞
受賞作

愛が、二人を引き裂いた。

BRUNHILD
竜殺しのブリュンヒルド
THE DRAGONSLAYER

東崎惟子
[絵] あおあそ

最新情報は作品特設サイトをCHECK!
https://dengekibunko.jp/special/ryugoroshi_brunhild/

電撃文庫

第27回電撃小説大賞

孤独な天才捜査官。
初めての「壊れない」相棒は
ロボットだった——。

菊石まれほ

［イラスト］野崎つばた

ユア・フォルマ

紳士系機械 × 機械系少女が贈る、
ＳＦクライムドラマが開幕！
相性最凶で最強の凸凹バディが挑むのは、
世界を襲う、謎の電子犯罪事件!!

最新情報は作品特設サイトをCHECK!!
https://dengekibunko.jp/special/yourforma/

電撃文庫

空と海に囲まれた町で、
僕と彼女の
恋にまつわる物語が
始まる。
青春ブタ野郎シリーズ
鴨志田一
イラスト●溝口ケージ

図書館で遭遇した野生のバニーガールは、高校の上級生にして活動休止中の人気タレント桜島麻衣先輩でした。『さくら荘のペットな彼女』の名コンビが贈る、

フツーな僕らのフシギ系青春ストーリー。

電撃文庫

私が望んでいることはただ一つ、『楽しさ』だ。

魔女に首輪は付けられない

Can't be put collars on witches.

著 ── 夢見夕利　Illus. ── 緜

第30回 電撃小説大賞 大賞

応募総数4,467作品の頂点！

魅力的な〈相棒（魔女）〉に翻弄されるファンタジーアクション！

〈魔術〉が悪用されるようになった皇国で、
それに立ち向かうべく組織された〈魔術犯罪捜査局〉。
捜査官ローグは上司の命により、厄災を生み出す〈魔女〉の
ミゼリアとともに魔術の捜査をすることになり──？

電撃文庫

ほうかごがかり
ぼくらは命を懸けて、『奴ら』を記録する──。
When the midnight chime rings,
we are captured in a "Houkago".
In there, there is neither a correct answer nor a goal
or a stage clear.
Only our dead bodies are piled up.
【ほうかごがかり】
甲田学人
illustration potg

よる十二時のチャイムが鳴ると、
ぼくらは『ほうかご』に囚われる。
そこには正解もゴールもクリアもなくて。
ただ、ぼくたちの死体が積み上げられている。
鬼才・甲田学人が放つ、恐怖と絶望が支配する
"真夜中のメルヘン"。

電撃文庫

仁木克人
ill.堀部健和
魔王城、空き部屋あります！
Demon King's Castle For Lease!
あいあま勇者
魔王城を、魔王自らマンション経営!?
豊洲ではじまる不動産コメディ!!
電撃文庫

全人類の記憶を
ロックした前代未聞の
身代金テロの真相は

夏海公司

絵：れおえん

セピア×セパレート

SEPIA X SEPARATE

復活停止

RESTORATION SUSPENSION

3Dバイオプリンターの進化で、
生命を再生できるようになった近未来。
あるエンジニアが〈復元〉から目覚めると、
全人類の記憶のバックアップをロックする
前代未聞の大規模テロの主犯として
指名手配されていた──。

電撃文庫

ハードカバー単行本

キノの旅

the Beautiful World

Best Selection I〜III

電撃文庫が誇る名作『キノの旅 the Beautiful World』の20周年を記念し、公式サイト上で行ったスペシャル投票企画「投票の国」。その人気上位30エピソードに加え、時雨沢恵一&黒星紅白がエピソードをチョイス。時雨沢恵一自ら並び順を決め、黒星紅白がカバーイラストを描き下ろしたベストエピソード集、全3巻。

電撃の単行本

全話完全無料のWeb小説＆コミックサイト

NOVEL
完全新作からアニメ化作品のスピンオフ・異色のコラボ作品まで、
作家の「書きたい」と読者の「読みたい」を繋ぐ作品を多数ラインナップ。

ここでしか読めないオリジナル作品を先行連載！

COMIC
「電撃文庫」「電撃の新文芸」から生まれた、
ComicWalker掲載のコミカライズ作品をまとめてチェック。

電撃文庫＆電撃の新文芸原作のコミックを掲載！

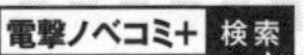

最新情報は
公式Xをチェック！
@NovecomiPlus

おもしろいこと、あなたから。

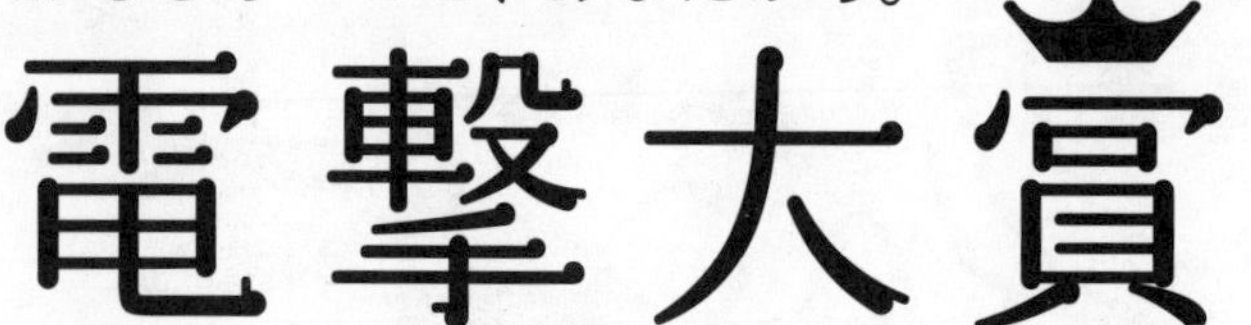

自由奔放で刺激的。そんな作品を募集しています。受賞作品は
「電撃文庫」「メディアワークス文庫」「電撃の新文芸」などからデビュー!

上遠野浩平(ブギーポップは笑わない)、
成田良悟(デュラララ!!)、支倉凍砂(狼と香辛料)、
有川 浩(図書館戦争)、川原 礫(ソードアート・オンライン)、
和ヶ原聡司(はたらく魔王さま!)、安里アサト(86―エイティシックス―)、
瘤久保慎司(錆喰いビスコ)、
佐野徹夜(君は月夜に光り輝く)、一条 岬(今夜、世界からこの恋が消えても)など、
常に時代の一線を疾るクリエイターを生み出してきた「電撃大賞」。
新時代を切り開く才能を毎年募集中!!!

おもしろければなんでもありの小説賞です。

- **大賞** ……………… 正賞+副賞300万円
- **金賞** ……………… 正賞+副賞100万円
- **銀賞** ……………… 正賞+副賞50万円
- **メディアワークス文庫賞** ……… 正賞+副賞100万円
- **電撃の新文芸賞** ……………… 正賞+副賞100万円

応募作はWEBで受付中! カクヨムでも応募受付中!

編集部から選評をお送りします!

1次選考以上を通過した人全員に選評をお送りします!

最新情報や詳細は電撃大賞公式ホームページをご覧ください。

https://dengekitaisho.jp/

主催:株式会社KADOKAWA